那些韓劇教我的事

鄭德賢◎著

드라마 속 대사 한마디가 가슴을 후벼팔 때가 있다

| 推薦序 |

韓國史上最強編劇群專文推薦

希望他對生活豐富的情感和溫暖的故事，

也能傳達給您⋯⋯

——〈屍戰朝鮮〉〈Signal 信號〉編劇 金銀姬

所謂經典的台詞，並非精彩的言語，

而是能「感動他人內心的言語」。

鄭德賢評論家總是能抓出作品中「感動人心的點」。

所以看這本書時就能明白，為什麼我的內心會這麼感動。

——〈阿斯達年代記〉〈六龍飛天〉〈樹大根深〉編劇 金榮昡

就像在疲憊的一天抓住一條穩固的繩索，

他的文字總是如此。

在善意、安慰、勇氣等情緒需要充電的那天，

我可以有自信地說，這本書比炸雞更好。

——〈山茶花開時〉〈三流之路〉編劇 林尚春

所有的電視劇都很通俗，

「通俗」說穿了就是相當貼近世界。

藉由評論電視劇來與世界溝通的他，

寫下這本書，描寫電視劇如何貼近他的生活。

他的描述很有他的風格，是屬於他的清新和深度，

既有趣又溫暖。

——〈我的黃金光輝人生〉〈親愛的瑞英〉編劇 蘇賢京

他比任何人都能更正確點出

電視劇隱藏的意涵和內在深度。

閱讀評論家的文章所感受到的個人喜悅，將超乎你的期待。

雖然筆鋒銳利，卻帶著人性的溫度，

光是與他的文章面對面，

讀者心中已經開始得到溫暖的安慰。

——〈浪漫醫生金師傅〉編劇 姜銀慶

他是韓國看過最多電視劇的人，

以最深刻、溫暖的角度解釋電視劇。

在許多電視劇中，勾動他內心的那一句台詞，

以及跟那台詞有關的瑣碎生活點滴，

將能鼓勵並安慰疲憊的內心。

——〈愛的迫降〉〈來自星星的你〉〈藍色海洋的傳說〉編劇 朴智恩

關於劇情，沒有標準答案。

不過我偶爾會在鄭德賢的文章中找到標準答案。

他能正確看穿我的文章有哪些弱點，

偶爾以無情的視線刺入我的胸口，

但我總是能理解。

他以創作者的角度看出文章的兩面，

也能以大眾的視線清楚解釋劇情，

我敢斷定，在我認識的韓國劇評家中，

他是最愛劇情的人。

——〈機智醫生生活〉〈請回答 1988〉編劇 李祐汀

他躍出編劇的意圖，

向大眾展現獨一無二又極具個人特色的媒體評價。

所以我更好奇且期待他建構的世界，

如何以他獨特的觀點觀看世界！

——〈Hyena：富豪辯護人〉編劇 金露莉

被一句台詞擊中胸口的時刻

「你昨天有看最新一集嗎？」

我們常在早上見面時聊到前一晚看了什麼電視劇。在喝咖啡時爭論著〈山茶花開時〉的「調皮鬼」究竟是誰，聊到〈浪漫醫生金師傅〉裡各種如冰涼飲料般讓人暢快的台詞。〈請回答 1988〉中女主角德善（惠利 飾）到底該跟誰配成一對，「反老澤¹（反正老公是朴寶劍）」和「反老柳（反正老公是柳俊烈）」兩派人馬會口沫橫飛地激烈論戰，連原本完全不看電視劇的人，也在不知不覺中入坑〈我的大叔〉，一邊追劇、一邊眼淚流個不停。

¹編按：朴寶劍在劇中的名字是「崔澤」，故支持女主角和崔澤在一起的觀眾稱為「反老澤」，支持女主角和柳俊烈在一起的觀眾則稱為「反老柳」。

其實討論劇情也沒什麼了不起的，就只是討論劇情罷了。大部分的韓劇劇情都很平凡且通俗，雖然也有不少富含人生哲理的電視劇，但一般來說，越是平凡通俗的劇情反而會成為熱門話題。畢竟，我們都不想在一大早見面時就聊一些嚴肅的議題，或是提到沉重的劇情內容。

　　不過，只要留心觀察，就會發現有些劇情同時也是在說自己的故事。聊到〈山茶花開時〉時，我們會希望女主角東白能獲得真正的幸福，在那一刻，我們已經不把東白的幸福當成是一個陌生人的故事了。雖然現在自己的人生似乎尚未真正開始、也沒有人認可自己真正的價值，但總期待著有一天能開花結果，默默地想著搞不好現在就是「花正要開的時候」，觀眾都在如此為東白加油著；不論你是支持〈請回答1988〉裡的「反老澤」或「反老柳」，都反映出了自己的喜好；被〈我的大叔〉惹哭的人，則是隱約透露出自己就是下班後要迎接悲慘夜晚的上班族。

　　在成熟才是王道的時代中，向他人展現自己的內心越來越不簡單。再加上，即使是很要好的朋友，隨意吐露自己的內心想法也會造成別人的負擔。所以，連我們認為很親近的

同事、朋友，甚至是家人、情侶，別提他們正經歷的傷痛，我們常常連他們是否快樂都不知道。這種時候，我們就會聊起電視劇的劇情。聊著聊著，就算本人沒有說出來，也能評斷出對方是什麼樣的人、現在的心境如何。

你一定也有這樣的經驗吧？追劇時，無意間聽到一句再平凡也不過的台詞，那句話卻像一把匕首一樣刺進胸中、擊中自己。所以連已經上了年紀的成熟大人也會放聲大哭、無法自己，或是發現自己的心情莫名變好，開心地笑著。這樣的時候，我們就像在不知不覺中喝下能讓我們擊敗現實生活的能量飲。儘管看起來沒什麼，卻是因為有電視劇的存在，才能讓我們在充滿挑戰的生活中堅持下去。

因此，在辛苦的日子裡，偶爾稍微關上現實生活的燈，進入電視劇描繪的夢裡旅遊也不錯。你將會在這趟旅程裡得到打敗現實生活的聰明與慰藉。因為，電視劇裡的每個人，他們的生活都不容易，但無論如何，希望我們的生活都能有戲劇性的 Happy Ending。

鄭德賢

Part 1. 我們的生活，本身就是很偉大的事。

Part 2. 也許演戲這個技能，並不專屬於演員。

Part 3. 當時我不知道，
原來愛情可以說變就變。

Part 4. 不論誰贏了，
　　　　　這場比賽的過程都比結果更美麗。

Part 5. 把聲音聚集起來，
##　　　　找到一個被人們聽見的出口。

◎標示說明

本書中，提及書籍名稱時以《》標示，提及電視或電影名稱時以〈〉標示。

偶爾會想起那位過世的朋友，令人意外的是，覺得最開心的記憶並非我們一起做過什麼偉大的事，而是我們一起去泡澡、吃好吃的食物、去濟州島玩。雖然這些都不是什麼大事，卻長久留在我們的記憶裡，光看這點，就覺得或許我們的生活本身就是很偉大的事吧！如果時間能夠倒轉，我還是會想再跟那位朋友一起做這些微不足道的事。

Part 1.

我們的生活，
本身就是很偉大的事。

「看到你就算變得很慘還是能幸福，我就放心了。」

—— ＜我的大叔｜나의 아저씨＞・2018

《我的大叔》為韓國 tvN 於 2018 年 3 月 21 日起播
出的水木連續劇，由李善均和李知恩主演。女主角
是一個在社會底層打拚的 20 多歲女性，為了還債只
能努力打工賺錢；男主角則是一個在職場處處受打
壓的中年男子，家中的兄弟不爭氣、自己的老婆也
出軌。兩個背負著生活重擔的男女在偶然相遇後，
逐漸走進彼此的人生，並從對方身上得到治癒。

即使有點慘也無所謂，
這就是人生的樂趣

那些店家的外觀變得十分老舊，光知道這個事實就足以讓我們感到安心。已經有三十年、四十年，甚至五十年歷史的老店似乎在訴說著：

「是啊，最後還是能撐過來的。就算當時覺得辛苦到快死了，總有一天也都會過去的。最初看似無法癒合的傷口終究都能癒合，而且那傷口就像一個人生勳章，往後會成為帶給我們喜悅的回憶錄，就像許多人在牆上留下滿滿的塗鴉一樣。」

之所以會有這樣的感觸，是因為在看〈我的大叔〉時，劇中鄭熙家的簡陋酒館最打動我的就是那有點老舊、古早味的氣氛。如果我家附近也有一家像那樣的簡陋酒館該有多好？可以讓我在下班後進去待一會兒，用酒氣趕走一整天的疲憊。這種老店所擁有的滿滿人情味，絕對是無法在西裝筆挺的情況下、在光鮮亮麗的高級酒吧啜著一口威士忌能感受到的。在這種地方，連只有一面之緣的人，也會情不自禁地舉起燒酒來乾杯。

　　會去拜訪老舊酒館的人，也跟酒館本身有相似之處。大概到了某種年紀，經歷過好幾次大起大落，與其說這些人的人生正「爬向巔峰」或「位於巔峰」，不如說人生正在走下坡或甚至早就已經在最底層。曾擔任過銀行分行行長的大叔，現在在旅館裡負責幫人換毛巾；曾經是汽車研究所所長的大叔，現在的收入差強人意；藥廠理事也成了一位無業遊民。某位曾呼風喚雨的電影導演，以前連喝酒後嘔吐都有人幫忙接，現在卻成了幫忙打掃嘔吐物的清潔人員。

　　這間酒館也一樣，曾經有過輝煌燦爛的時期，從前的牆壁非常整潔，桌面連一點刮痕都沒有；但現在，乾淨的牆壁

上被畫滿了各種塗鴉，桌面則留下放置過各種器皿、如傷痕般的印記。**正因如此，這個環境才更令人安心，就算東西都壞了、舊了也無妨，因為換個角度來看就顯得更有魅力。**

當過電影導演，現職卻是清潔工的奇勳（宋清晨 飾），總會在工作結束後跟哥哥一起在鄭熙家酒館喝酒。不過從某天開始，發現他旁邊竟坐著知名演員崔宥拉（娜拉 飾）。當奇勳還是導演時，曾經因為娜拉演技差而強烈打壓她，所以奇勳以為娜拉是想要找機會報復，才一直跟著他。

奇勳某天忍不住問她：「妳幹嘛一直跟著我？」後來卻得到了出乎他意料的回答：「看到你現在過得很慘，我就很開心。」奇勳想著，娜拉的話就像這酒館的氛圍一樣，意思是她很喜歡看到「有人比我還慘」。

不過，娜拉認真地說，她並不是那個意思，她是真心「尊重」拜訪這裡的人。

「人啊，一輩子都害怕自己會過得很慘，我以前就是這樣。一開始我知道你過得很慘，我真的很開心，風光一

時的導演現在看起來什麼都不是，這讓我更開心了。原來，過得很慘也沒關係啊！一點都不算什麼嘛！過得很慘也能幸福啊！這樣我就放心了。這社區的一磚一瓦看起來都很慘，這裡的人看起來都過得很慘，但是你們似乎一點都沒有不幸福。真的，所以我很開心，這樣我就放心了。」

小時候我很排斥進去泥灘裡面，應該沒有人喜歡全身黑漆漆、沾滿泥土的樣子吧？泥灘裡會有小螃蟹跑進跑出，好幾隻腳纏來纏去的章魚也很噁心，而且我覺得裡面還有很多看不見的小蟲。我看到有些大人開心地全身塗滿泥土，玩得很開心的樣子，我就覺得他們很奇怪，這麼髒的地方有什麼好玩的。對於很討厭手碰到泥土的小孩來說，泥灘就像是會吞噬我的一個地方，非常可怕。

不過，爸爸卻把抗拒泥灘的我，一把舉起來放入泥灘裡面，當我的臉和身體碰到泥灘時，所有的煩惱瞬間煙消雲散。當我放掉我一直想努力守住的某個東西時，泥灘就成了我的遊樂場。爸爸說在泥灘裡打滾玩耍的遊戲是「灰頭土臉的遊戲」，當時爸爸的笑臉，彷彿是在說著：「就算搞到灰

頭土臉、變得悽慘無比也無所謂。」

　　上了年紀後，似乎只是變得更慘。但是，在經歷過許多折磨人的事情後，我的身心反而變得輕鬆。活到這個年歲，我偶爾還是會羨慕地望著那些打扮奇特、染了頭髮的年輕世代。即使如此，我也回不去了。每當這時，我都會想起那片黑漆漆的泥灘。

> **即使有點慘，但也無所謂，
> 這就是人生的樂趣。**

　　每當有人來訪時，這種適當的悽慘卻能成為讓人感到安心的存在，就像〈我的大叔〉裡的那間老舊酒館一樣。

喂！喂！
在這裡哭一下
也沒關係啦！

「你覺得是我害你坐牢、害你被退學、害你爸死掉的嗎？是嗎？不過啊，你想的沒錯。中輟、有前科，又是孤兒的朴世路，正是因為我，人生才會這麼可憐又糟糕。」

「都已經過了九年，你還真能忍到現在。以後的六年再繼續忍耐吧！可惡的公訴時效啊！我的計畫是以十年為單位。」

—— 〈梨泰院 CLASS｜이태원클라쓰〉，2020

《梨泰院 Class》是韓國 JTBC 電視台於 2020 年 1 月 31 日起播出的連續劇，由朴敘俊、金多美以及權娜拉等人主演。本劇改編自同名網路漫畫，講述男主角的父親在一場意外中去世，在不合理的世界中，歷經千辛萬苦在梨泰院開餐廳，並向害死他爸爸的仇人報復的故事。男主角絕不向惡勢力低頭、不輕易妥協的態度，十分激勵人心。

Story 02.
| 梨泰院 Class |

最完美的計畫，
就是沒有計畫

　　剛成為專職作家的時候，我一天會反覆登入網路銀行五六次，再三檢視有沒有錢入帳。雖然已經下定決心要靠寫作賺錢，但我還是一直很焦慮。我的太太是上班族，有穩定的收入來源，儘管她說會養我，叫我放心地寫自己想寫的東西，但我還是沒辦法這麼做。

　　每個月都在帳單和銀行貸款中掙扎，這個月驚險度過之後還要擔心下個月，在這種情況下，我哪有資格放心地寫自己想寫的東西。

之前擔任雜誌社主編時，我發揮我的寫作經驗，定期在幾間公司的內部刊物上投稿，也幫忙保險公司撰寫促銷期刊，連設計都自己一手包辦，這些都是我的收入來源。不過，自由工作者常常會遇到薪資和勞務不成比例的狀況。例如：保險公司跟我說我的薪水會延後一個月，之後就一直拖著，拖到後來，公司就關門了。電話沒有接、公司大門深鎖，我問了很多次，甚至找到老闆的家裡要他付薪水給我，他卻只說了一句抱歉。他說：「我本來打算用另一個計畫賺來的錢付你薪水的……」

但那個計畫，後來也泡湯了。

事實上，「計畫」這兩個字，對每天都過得提心吊膽的人來說，只有滿滿的挫折感。2020 年奧斯卡最佳影片〈寄生上流〉裡，基澤（宋康昊 飾）對兒子說的一句台詞，讓我頻頻點頭：

「你知道最完美的計畫是什麼嗎？就是沒有計畫。擬訂計畫後，一切都不會按照計畫進行，這就是人生。」

有時候，生活就是會轉往完全不在你計畫中的方向。對我而言，現在之所以會撰寫跟大眾文化有關的文章就是如此。在某次同學會後的回家路上，有位朋友說他最近開始經營網路平台，想要邀請我寫一篇文章看看，事情就這樣開始了。寫了前幾篇試水溫後，增加到一週兩篇，之後變成一天一篇，我就因此得到「專欄作家」的新職稱。正如基澤所說的，最完美的計畫，就是沒有計畫。

　　當時還是月光族的我，在旅行社朋友的邀請下，跟幾位朋友一起去濟州島旅行。這趟旅行是在酒席之間即興說出的玩笑話，雖然沒有詳細的行程表，但我們腦中還是有一定程度的計畫。愛吃美食的我們到了濟州島後，到處尋找生魚片餐廳、烤鯖魚餐廳、濟州島黑豬餐廳，整趟旅程變成了美食之旅。這一趟旅行，讓我們回味了好長一段時間。

　　之後每次見面時，我們又會再規劃旅遊。不過，因為各自的生活繁忙，所以到現在都還沒辦法實現。即使如此，我們每次見面時還是會討論出遊計畫，甚至還特地開立了一個旅遊帳戶，每個人每月要自動轉入韓幣五萬元，慢慢累積旅遊基金。老實說，我們沒有人知道下次一起旅遊是什麼時

候。最令人傷心的是，在這段期間，一位曾經一起旅遊的朋友，某天就突然離開這個世界了。

在〈梨泰院 CLASS〉裡，朴世路（朴敘俊 飾）為了復仇，逐步實行他所擬定的「十五年計畫」，因為知道實際上很難做到，所以在觀劇的時候更有戲劇張力。朴世路的計畫在劇情裡不斷被打亂，他也常因此動搖、灰心沮喪。只是他沒有放棄，仍然持續做下去。

究竟有多少人能按照自己的計畫去執行呢？就算有少數人可以做到，那樣的生活肯定不會有趣。

> **中間一定要發生沒意料到的變數、**
> **走上意想不到的道路，**
> **那樣才有旅行真正的滋味。**

不過，沒辦法按照計畫去執行，就表示沒有計畫很有趣嗎？那也未必，首先要先做好完整的計畫，才會發生不在計畫中的事。所以我和朋友們每次都不會制定太誇張的計畫。因為這樣的計畫，比毫無計畫更讓我們開心。

「生活不就是這樣嗎？用些許開心時光的回憶，來撐過大部分辛苦的時間。這種說法有點悲觀，而且很無情。」

「是很無情啊！雖然沒辦法否認，但我非常喜歡我們一起製造開心片刻的現在。像這樣光是跟你們閒聊，就已經很棒了。」

「我們現在都快三十歲了，不要一邊感傷一邊回顧過去，真討厭。等我們到了四十歲再來回顧吧！至少要等老一點再說嘛！不要回顧過去，也不要擔心未來，集中在我們現在面對的危機吧！」

「什麼危機？」

「我想吃泡麵。」

—— 〈浪漫的體質｜멜로가체질〉，2019

《浪漫的體質》是韓國 JTBC 電視台於 2019 年 8 月 9 日起播出的連續劇，由千玗嬉、全汝彬以及韓智恩等人主演。本劇翻拍自李炳憲導演的電影《二十行不行》，並由導演親自編導成女性版本，內容講述一群 30 歲女性好友之間的煩惱、戀愛、職場以及日常生活中的故事。

不要回顧過去，
不要擔心未來

　　偶爾去首爾西小門一帶走走的時候，我的視線每次都會不知不覺被一個地方吸引，那就是西大門區美芹洞 215 號。這棟老公寓是 1972 年建成的，現在已經有四十多年的歷史。附近相同年代的建築物都被拆除了，四處新大樓林立，只有留在這裡的西小門公寓依然維持著以前的面貌，就像我國小時記憶中的建築物那樣，一直矗立在那裡。我讀小學的時候，住在這棟建築物的七樓，樓高十層的公寓沒有電梯，每天都要辛苦地爬上爬下。

　　回想住在那裡的時期，最深刻的記憶就是，一打開窗戶

就會有豬肉香撲鼻而來。現在公寓前方大樓林立的地方，以前是好幾家賣白切肉（豬頸肉）的餐廳。每次從學校走回家經過那個巷子口，都覺得那些被切下來的豬頭正盯著我看。當時住家旁邊就是鐵路，每天早上的火車聲都會把我從睡夢中吵醒。在首爾這廣大的城市，因為住在這種吵雜的環境裡，我深刻感受到自己絕對不是住在所謂的「蛋黃區」。

　　以旁人的眼光來看，也許有人會覺得「住在那種環境會有美好的回憶嗎？」但令我意外的是，一想到那時，腦海裡都會先浮現出開心的事情。當然大部分是黑暗的記憶，例如：辛辛苦苦地爬樓梯爬到很高的樓層，每次經過巷口時都會被吵鬧的老鼠群嚇一大跳，偶爾還會被頂樓發生的暴力事件嚇得全身緊繃，但也許是因為經過記憶的美化，偶爾發生的美好事件，反而比那些黑暗記憶更讓我印象深刻。

　　〈浪漫的體質〉中，恩靜（全汝彬 飾）因為男友的死亡而多次嘗試自殺，珍珠（千玗嬉 飾）、韓珠（韓智恩 飾）便以保護她的名義投宿在她家。劇中有一幕她們邊喝酒邊聊天的台詞，讓我想到了在西小門公寓裡的回憶。

> **生活不就是這樣嗎？**
> **用些許開心時光的回憶，**
> **來撐過大部分辛苦的時間。**

有一次因為鄉下房子發生火災，爸媽需要回鄉下處理相關事宜，因此沒辦法在首爾照顧我們。那時首爾家中的米和泡麵都吃完了，哥哥不知道哪來的勇氣，明明身上沒有錢，還叫我不要擔心，然後直接叫中華料理店外送炸醬麵和水餃給我們吃。哥哥跟爬到七樓端炸醬麵的外送員說，媽媽回來就會付錢。

一開始這樣做還可以，隨著賒帳的款項越來越高，餐廳似乎也覺得不對勁，就開始催我們還錢。結果，我們就把門鎖得緊緊的，就算外送員過來敲門，我們也堅持不開門。後來外送員會在公寓底下從窗戶觀察我們家有沒有開燈，因為要爬七樓再下來是很累人的事。

於是我們一到晚上就關燈、拉上窗簾，假裝家裡都沒有人在。雖然覺得害怕又不安，但不知道為什麼這種像遊戲一般驚險刺激的經驗卻讓我們笑個不停。在燈火管制（戰爭時

期，為了避免敵軍夜間攻擊，特定地區的電燈需全數關閉，以免成為敵軍目標）的訓練中偶爾也會感受到這種刺激感，這段記憶到現在依然相當鮮明。回首過去，我覺得就是這種「一點點的美好回憶」，讓我能撐過往後不輕鬆的生活。

以前打開公寓窗戶後往下看，不僅能聞到濃濃的豬肉香，還能看到各種稀奇的東西在密密麻麻的店家屋頂上。那些是根本不該出現在屋頂上的鞋子、玩具，有時還有不知道誰丟的燒酒瓶……。任誰看都可以知道，那些東西是住在這棟公寓的人丟的。

觀察這些物品的種類，就能推測丟出這些東西的人的心情和想法，其中最常見的就是各式各樣的紙飛機。我偶爾也會摺紙飛機丟出去，孩提時代丟出紙飛機時感受到的短暫喜悅和自由，每個人應該都還記憶猶新吧！

「媽媽，在這輩子當中，妳覺得什麼時候最幸福？」

「雖然不是什麼很偉大的日子，但我覺得那樣的日子就很幸福。那就是當整個社區都瀰漫著米飯的香味，然後我也把飯放到飯鍋裡，牽著才剛開始學會走路的兒子的手走向院子。那時，我看到遠方耀眼的晚霞。我覺得那時候的我是最幸福的，就是那時。」

—— 〈耀眼｜눈이부시게〉，2019

《耀眼》是韓國 JTBC 電視台於 2019 年 2 月 11 日起播出的連續劇，由南柱赫、韓志旼以及金惠子等人主演。本劇是一部穿越時間的浪漫奇幻劇，女主角為了拯救車禍身亡的父親而回到過去，外表卻因此成為一個老奶奶，再也無法變回 25 歲的模樣。劇情在第 10 集之後會出現驚人轉折，最終會迎來令人熱淚盈眶的結局。

對過去感到悔恨，
我們才會使用「回憶」這個工具

在我最好的朋友因白血病驟然離世的一年多之後，他的姊姊打電話跟我說，想要在他生日當天舉辦影像追思會。儘管已經過了一年，但我們朋友聚會時依然還會準備他的酒杯、幫他倒酒，對我們而言，他就像從來沒有離開過。

「追思會」這個名稱，在我們大多數平凡人心中有一種敬畏感，我帶著這樣的想法進入明洞教堂的會場。足以容納幾百人的寬敞空間，只有他的家人和我們幾位朋友出席，頓時顯得空蕩蕩的。

其實我對追思會並沒有抱太大的期待。不過，當我們看到他姊姊剪輯的影片中出現他的慶生畫面時，我們開始變得很認真。影片中的他在孩子的抓周活動上就像平常一樣笑著說話，然後影片就像突然被關掉一樣，切換到媽媽在墳墓旁嗚咽哭泣的照片。下一張照片則是最後在醫院時拍的（那位朋友白血病突然發作時）。

我內心逐漸變得溫熱，接續的照片似乎是最後一次的家族旅行照片，照片中的朋友滿意地看著走路搖搖晃晃的兒子。之後還有超過上百張的照片，影片拍攝的手法讓我想起〈班傑明的奇幻旅程〉這部電影。在托馬索・阿爾比諾尼的「G 小調慢板」背景音樂下，照片以倒敘的方式出現。照片中的朋友越來越年輕，畫面裡也有他大學時期青春洋溢的臉龐、當時交往的女友，還有我們這群朋友。

我們很認真地欣賞影片，就像在回顧一個人的人生一般，同時也揭開了我們生活的神祕面紗。時間就像還停留在那些黑白照片、沒有聚焦的照片和閉眼的照片中。

影片來到後半段時，朋友變成了小孩子，我想到那搖搖

擺擺走路的孩子從此以後要生活在沒有爸爸的世界，這兩個畫面交疊在一起，他的孩子完全就是他小時候的模樣。我突然意識到，**時間對離開的人來說，只是無情地往前走，對留下來的人來說，卻是無限循環。**

這已經是十多年前的事了，〈耀眼〉這部電視劇則讓我想起當時無限感慨的心情。可能是因為劇中有非常奇幻的工具——能倒轉時間的手錶。劇中惠子（韓志旼 飾）在沙灘上發現能倒轉時間的手錶，也瞭解到倒轉時間需要付出代價——自己會以更快的速度老去。

所以她將手錶放在一個別緻的抽屜裡，但某天爸爸突然出車禍死亡，因此惠子決定要利用手錶，倒轉時間來救活爸爸。最後雖然好不容易成功救活了爸爸，她自己卻因此成了老奶奶，二十五歲的年紀卻有著七十歲的身體。不過，這一切全都是得了阿茲海默症的七十歲老奶奶惠子的想像。

想改變充滿遺憾的過去，這應該是每個人都會擁有的願望，就算沒有經歷過如至親死亡般的極大痛苦也是一樣。**上了年紀後，每個人都會對各自的過去感到悔恨，所以我們才**

會常常使用「回憶」這個工具。我們想藉由回憶來擁有已經逝去、不再存在於我們面前的事物。

在〈耀眼〉裡，對於年幼兒子意外失去雙腿此一事件的衝擊，惠子想透過「扭曲記憶」來挽回。因此，她的阿茲海默症反而能夠讓她生活在最幸福的記憶裡。

兒子詢問已經幾乎認不出自己的媽媽說：「媽媽，在這輩子當中，妳覺得什麼時候最幸福？」媽媽說：「雖然不是什麼很偉大的日子，但我覺得那樣的日子就很幸福。那就是當整個社區都瀰漫著米飯的香味，然後我也把飯放到飯鍋裡，牽著才剛開始學會走路的兒子的手走向院子。那時，我看到遠方耀眼的晚霞。我覺得那時候的我是最幸福的，就是那時。」

" 也許，所謂生活中的幸福記憶，
就是記錄日常生活平凡瞬間的一張照片吧！"

偶爾會想起那位過世的朋友，令人意外的是，覺得最開心的記憶並非我們一起做過什麼偉大的事，而是我們一起去

泡澡、吃好吃的食物、去濟州島玩。雖然這些都不是什麼大事，卻長久留在我們的記憶裡，光看這點，就覺得或許我們的生活本身就是很偉大的事吧！如果時間能夠倒轉，我還是會想再跟那位朋友一起做這些微不足道的事。

媽媽，在這輩子當中，
妳覺得什麼時候最幸福？

我覺得那樣的日子就很幸福。
當整個社區都瀰漫著米飯的香味，
然後我也把飯放到飯鍋裡，
牽著才剛開始學會走路的兒子的手走向院子。
那時，
我看到遠方耀眼的晚霞。
我覺得那時候的我是最幸福的，
就是那時。

「今天我們別動隊死亡的隊員是……銅狗那小子。怎麼會有人叫這種名字呢？連狗也不會有這種名字。但這個世界就是這樣，有在萬人之上的人，也有在萬人之下的人，那些人就跟豬狗沒兩樣。

所以我們才一直對抗、奮力對抗。屠夫是首領、貴族是首領，哈……像我這樣的雜種也是首領。王宮裡了不起的君王也是首領！當我們解散、保住一條命之後，就再也不是首領了。現在倭寇爬到貴族的位階……我又會變成豬狗不如，所以我才對抗。

所以我才對抗，就算頂多只有幾個月……人人都是平等的，我曾經是被擁戴、呼風喚雨的人，沒辦法生活在不一樣的世界，所以我才對抗。就算只有一瞬間，我也要活得像個人再死去。」

—— 〈綠豆花｜녹두꽃〉，2019

《綠豆花》是韓國 SBS 電視台於 2019 年 4 月 26 日起播出的古裝連續劇，由曹政奭、尹施允以及韓藝璃等人主演。本劇以 1894 年的東學農民運動（東學革命）為背景，講述一對同父異母的兄弟因為情勢上的不得已，分別加入農民軍和鎮壓軍兩個對立集團後發生的故事。

就算只有一瞬間，
我也要活得像個人

　　韓國有一個電視節目，曾經介紹過一位「繡名牌達人」金金澈（音譯）。這位被電視介紹過的達人，在市場裡的小攤位幫人繡名牌超過四十一年。在這種只要在電腦裡輸入名字、機器就會自動繡出圖案的年代，他依然擅長操作老舊的縫紉機。

　　之所以會被稱為「達人」，是因為他的技術相當高超，只要繡線稍微偏離，他就像手指被扎到一樣會明顯感受到。如果你成長於七〇、八〇年代，一定有經歷過必須在制服或軍服上繡上名字和學號的年代，相信你對於衣服上的一小角

有自己名字的獨特感，多少都還有一些記憶。

但在如今這個時代，誰還想繡上自己的名字或縫上名牌呢？不知道金金澈是否還在那市場裡的角落工作著？住在那個社區裡的人，仍有不少人會光顧那間小店，所以經過那裡時，會看到到處都有金金澈親手縫製的名牌。經營餐廳的阿姨穿著繡有自己名字的手工圍裙；國小學童的帽子、體育服，甚至連手帕上都看得到金金澈繡著的名字。

擁有這些繡有自己名字物品的主人，想必心境也有所不同。現代人的日常生活中，東西只要稍微磨損就會丟掉，選擇買新的來用，但繡有自己名字的東西應該就不會輕易丟棄。餐廳阿姨身上那件繡有自己名字的圍裙，也看得出來她非常用心保管。看到電視台播出金金澈的故事那一天，讓我再次想到——

＂名字的價值已經大不如前。＂

在我很小的時候，媽媽常在我學校體育服上繡上我的名字。因為大家的衣服都一樣，是為了不要跟別人的衣服搞混

才繡的。不論是寫上名字或繡上名字，都是為了證明我是這物品的主人，但將物品繡上我的名字，也讓我跟物品之間產生了更深刻的情感。

所以我記得我後來就常常在很多地方寫上我的名字，除了筆記本、橡皮擦、書包這種個人用品之外，我連書桌都會刻上我的名字。

我小時候，大部分住家的大門都會貼上寫有名字的門牌。現在普遍都是住在新式的公寓大廈裡，幾乎看不到刻有名字的名牌了。當然，還是會有人在高級鋼筆之類的昂貴物品上面刻上名字，這種「個人化」的象徵已經成為一種趨勢，但相較之下，在比較常見或相對廉價的物品上，大家已經不再繡上自己的名字。**在物質生活不虞匱乏後，我們便不再賦予東西更多的意義，損壞的話就會直接替換掉。**

〈綠豆花〉裡白利康（曹政奭 飾）因為是小妾的兒子，無法稱呼爸爸為爸爸、稱呼哥哥為哥哥，連名字也是被稱為「那個誰」。後來他遇到帶領東學農民革命的全琫準（崔武成 飾），從此人們開始稱呼他的本名「白利康」。他開始過

上嶄新的人生，之前都在村裡的市集上耍流氓、做些「不入流」事情的他，現在卻被稱為白利康，成為「別動隊」的首領，過得像個人一樣。

牛禁峙戰役失敗後，再打下去只有死路一條，這時白利康大喊，就算只有一天，他也要以白利康的名字，過著「呼風喚雨」的生活。原來，**隨著「稱呼」的不同，就能影響一個人活得充滿生命力還是如同行屍走肉。**

從前我因為年紀小，對我的名字並不滿意。我覺得「鄭德賢」的發音不好聽而且筆劃太多；對於韓國人來說，鄭、德、賢，這三個字的漢字很難寫也很難記，我不能理解爸媽為什麼要取這麼難的名字。再加上名字的意義又「德」又「賢」，所以從小我的綽號就是「老頭子」，這個名字對我的個性影響很大。

不過，年紀越來越大之後，我漸漸瞭解到名字的意義不在於它本身，是誰為我取了這個名字，才會賦予這名字意義。**關鍵不是我，而是為我取名字的人。**

「各位覺得錢是什麼呢？我是不是問了太簡單的問題？當然在資本主義社會下，錢就是權力，意思就是只要有錢什麼都做得到。但我的想法有點不一樣。我覺得錢就是人。我覺得沒有人情味的錢並不是錢，只是空有欲望的海市蜃樓罷了。」

—— 〈錢的戰爭 | 쩐의전쟁〉，2007

《錢的戰爭》是韓國 SBS 電視台於 2007 年 5 月 16 日起播出的連續劇，由朴新陽、朴真熙、金晶和以及申東旭等人主演，本劇改編自漫畫家朴寅權的作品。男主角原本是一個證券公司分析員，因為父親去借高利貸而導致家破人亡，後來父母相繼過世，自己也成為放高利貸的業者。全劇劇情圍繞著金錢與人性，每個人都為了得到他人的錢財及權力，不惜設下許多圈套。

Story 06:
| 錢的戰爭 |

容易賺到的錢，
也容易離開你

　　知名的韓國綜藝節目導演羅暎錫邀我一起吃韓式湯飯。剛好前幾天媒體報導他年薪高達四十億韓圓（約新台幣 1 億元），所以我一見到他就開玩笑說：「年薪四十億的人，午餐只吃幾萬元的湯飯啊？」

　　結果羅導演嚴肅地說：「講這什麼話？這裡的湯飯超好吃！」我聽了噗哧一笑。

　　其實身為劇評家，我偶爾會被邀請去吃高級餐廳。我吃過全套的日本料理、精緻的中華料理，也去過我很難自掏腰

包享用的韓牛餐廳。不過，可能因為我是庶民口味，吃了好幾家天價的餐廳後，到頭來還是最想念樸實的泡麵或湯飯。因為那種高蛋白料理讓我感到油膩而且容易厭煩，更重要的原因是在那種場合讓人很不自在。我覺得吃一碗簡單的冷麵，更容易說出內心話；五花肉配上一杯燒酒，反而讓我更自在。

不過，為什麼非得要去那種高級餐廳呢？因為很多人都是用價錢來評價食物、用那餐廳的價格來評定用餐之人的價值。如果說要在破舊的餐廳見面，很容易被誤解成是看不起對方，這就是社會上普遍的價值觀。

首爾是一座歷史悠久的老城，被漢江劃分為江南和江北兩大區塊。江南地區是近三十年來新發展的地區，地價昂貴、建築物新穎高檔，因此明明是同樣坪數的公寓，不管交通有多便利、公寓內部的裝潢多麼豪華、公共設施有多完善，江北新建大樓的價格仍然比不上江南的老舊建築。

同樣坪數大小的公寓，一個是超過韓幣二十億（約新台幣 5 千萬元），一個只要韓幣六億（約新台幣 1 千 5 百萬

元）左右，雖然價格的因素包含地理位置，不過兩者價差那麼高實在是讓人難以接受。所以大家都說「有錢好辦事」，導致沒錢的人想賺錢，有錢的人則想賺到更多錢。然而，難道會因為你突然賺到一百億，生活就出現大幅改變嗎？喜歡吃的東西會變得不同嗎？這是讓人幸福的必要條件嗎？

我在大學時代遇到我的高中同學，他在亞洲金融危機時賺到將近韓幣一百億。金融危機爆發前，他自己創業賣垃圾桶外銷到美國。不過，放在垃圾桶裡的塑膠袋卻比垃圾桶更好賺，綁好塑膠袋底部後放進垃圾桶，等垃圾桶滿了，再把塑膠袋的頂端綁起來丟掉，這樣的垃圾桶在美國賣得超級好。再加上他的貨款都是美金，因為懶得換匯，所以他身上持有大量美金。

當年金融風暴突然爆發，匯率急速上升。那時他在辦公室牆上畫出每天的匯率起伏，他看著那面牆，每天都感到非常得意。

他賺到一大筆錢之後，就完全沒有他的消息了。不知道他過得好不好，只聽說他離婚了。不知道這樣不勞而獲、幸

運賺來的錢是否真的讓他變得幸福。我看他連高中同學會也沒出現，似乎已經跟朋友們斷絕聯絡。

　　我還記得，當年我非常羨慕他，那時的我還沒找到工作，常常會經過他的辦公室，等他工作結束後一起喝杯酒再回家，所以已經養成習慣了。但現在回想起來，不知道他是否那麼值得羨慕。我的母親總是跟我說，容易賺到的錢，也容易離開，也許就是這個道理吧。

　　想到〈錢的戰爭〉，就會浮現主角金國度（朴新陽 飾）在鈔票捆堆得像牆壁一樣高的倉庫內歡呼的場景。堅信「錢就是權力」的金國度很晚才明白，快速得到的錢只會讓人變得腐敗。結果他在結婚典禮上遭遇到悲慘的死亡。雖然只是一個故事，但每個人在面對錢時都很難保持超然的態度，所以才會有這樣的結果。我記得我當時看這部電視劇時，入戲很深。

　　我覺得跟羅暎錫導演見面時最開心的，莫過於一起吃一碗熱騰騰的湯飯，或是在員工餐廳吃便當之類的庶民食物。如果在太高級的餐廳見面，可能就會破壞這自在的關係了。

而且，就像羅暎錫導演說的，韓式湯飯真的很好吃。「昂貴的餐廳一定很好吃、便宜的餐廳一定很難吃」，這根本是偏見。

　　"用錢來衡量一切的人，
　　簡直就是笨蛋。"

「不要再對吉羅琳大小聲了，而且剛剛你還推她，請不要再這樣了。她對我而言就是金泰希、全度妍。我是吉羅琳最忠實的粉絲。」

——〈祕密花園｜시크릿가든〉，2010

《祕密花園》是韓國 SBS 電視台於 2010 年 11 月 13 日起播出的連續劇，由玄彬、河智苑、尹相鉉以及金思朗等人主演。玄彬飾演一位帥氣多金的百貨公司社長，河智苑則飾演一個貧窮的特技替身演員，兩人因為一場意外而交換靈魂後，不得不開始互相扮演對方的角色而走入彼此的生活，進而引發一連串有趣又感人的故事。

Story 07.
| 祕密花園 |

追星是一種金錢無法衡量的信仰

　　我高中的偶像是好萊塢演員布魯克・雪德絲、蘇菲・瑪索以及菲比・凱絲等人。我會去買這些演員的海報貼在房間牆壁上，也會用印有她們照片的墊板，還收集了好幾張她們的明信片。只要是有她們出現的電影，就算是限制級電影，我也會躲起來偷偷看。布魯克・雪德絲的〈藍色珊瑚礁〉、蘇菲・瑪索的〈第一次接觸〉、菲比・凱絲的〈溫馨赤子情〉這幾部電影我都還記憶猶新。其中我最喜歡的演員就是蘇菲・瑪索，歲月似乎沒有在她那少女般的外表上留下痕跡，她現在依然在各種作品中相當活躍，看得出她的演技越來越有深度。

女兒似乎也遺傳到我這個喜好，她讀高中的時候對韓國男團 EXO 相當著迷。但是她的「追星」，還不到那種到處追逐他們行蹤的程度，因為當時她忙著準備美術大學的入學考，根本沒時間追星。她大部分的追星行為只是偶爾畫畫 EXO 的素描，或是買他們的新專輯來聽而已，直到她上大學後，才會動員全家幫她搶購演唱會門票，讓全家大小忙翻天。但每次預購都失敗，所以她都會抱怨用家裡網路根本買不到 EXO 的票，後來有一次在網咖成功買到之後，她每次要上網選課都是去那間網咖。因為平常練習預購 EXO 的票，選課時才能比別人更快搶到課。

　　曾經有一陣子，人們都把追星視為怪異的行為。但最近提到「追星」時，雖然多少還是有些貶低的意味，但也蘊含著認定追星帶來的正面影響。不過，大部分像我這樣的中年人，就算稱自己曾經是某某人的粉絲，大家也不會覺得奇怪。那只不過是個人興趣，不管崇拜誰都不是什麼問題。

　　我太太在月子中心認識了一位朋友，她說自己是丁海寅的粉絲。當我太太跟她說她看過丁海寅[2]的電影〈柳烈的音

---

2 編按：丁海寅，韓國男演員。2018 年因主演《經常請吃飯的漂亮姐姐》而廣為人知，有「國民年下男」的稱號。

樂專輯〉，對方立刻興奮地說：「我已經看了九次！」她說丁海寅是她的「太陽」。雖然老婆的口吻有點驚訝，但是**如果追星能成為生活的活力來源，那又有何不可呢？**

我太太還是上班族時，也會定期欣賞音樂劇，把這當作一種犒賞自己的方式。她在公司裡有位已經離婚的同事，據說她一年花在追星上的錢相當於韓幣三百六十萬韓圜（約台幣十萬元）。

也有不少人覺得這種追星行為並不合理，她公司裡還有另一位同事的先生完全被宋歌人[3]迷住，同樣的電視節目可以看好幾次，他們常因此而吵架。我說：「那又沒什麼，何必因為這樣就吵架呢？」老婆說：「很難說啊！如果你是當事人，你的感受就會不同。如果是你，你會怎麼辦？」我仔細想想，雖然看起來是小事，的確也有可能產生紛爭，最近甚至出現了新的粉絲文化，就算你告訴這些追星族，他崇拜的人在很遠的地方、偶像不可能會認識你，粉絲們還是會投入一大筆錢追星。

花太多錢在追星這件事上面，的確會成為問題，但適度

| [3] 編按：宋歌人，韓國女歌手、主持人。

地花費、為生活增添一些小確幸，這樣的追星也未嘗不可。我回頭看從前，現在我能擔任一個劇評家，似乎也是因為當時喜歡布魯克‧雪德絲、蘇菲‧瑪索和菲比‧凱絲而頻繁接觸她們的電影，才開始對大眾文化感到好奇。我後來知道，女兒堅持要考上美術大學，也是因為在追星的過程中，常常畫 EXO 的素描，受到他們影響的緣故。

正因為我們都曾追過星，才能夠深刻體會這些追星活動是讓那位明星發光的力量。**遠看時一無是處的我，也是因為我的老婆像鐵粉一樣地無條件支持我、為我做的任何決定鼓掌，讓我現在能如此堅定於自己的志業。**就像〈祕密花園〉裡金社長（玄彬 飾）說的，「她對我而言，就是金泰希、全度妍。」不論是誰，一旦喜歡上了就會無條件付出，那就是專屬於自己的金泰希、全度妍和玄彬。

「耀燮（Joseph）你不是和我約定好了嗎？你承諾說你不會再尋死。你說短時間內沒有尋死的念頭，叫我放心，不是嗎？如果你想死的話就死吧！不過要等到明天。如果明天還是一樣辛苦，那就後天再死。如果後天還是一樣痛苦，那就等大後天再死也不遲。每天都多活一天，一定會等到好日子的。那時你就會說還好我沒死，期待的那天終於來了！」

「我不會死的。吳俐珍，我不會死的。我有該做的事，我有要保護的人，某天做完該做的事情後，我有話一定要對他說，所以我現在不會死的。」

「我第一次知道原來『我不會死』這句話這麼感動。我第一次知道原來『我不會死』這句話能讓人感到這麼放心。」

—— 〈Kill Me Heal Me〉| 킬미, 힐미, 2015

《Kill Me Heal Me》是韓國 MBC 電視台於 2015 年 1 月 7 日起播出的連續劇，由池晟、黃正音以及朴敘俊等人主演。男主角是擁有七重人格的富二代，女主角則是祕密為他診療的精神科醫生，本劇描述兩人之間的愛情故事。精神病主題當年是韓劇中少見的題材，因此播出時備受矚目。

即使人生再怎麼絕望，
明天再死也不遲

　　人生在世，總會有幾幕真的像電視劇般的瞬間。我年輕的時候曾經在澳洲住過一年，名義上是出國進修英文，其實那是藉口，真正的目的是想在一年內到處去旅遊。有段時間暫時住在墨爾本的一間大學宿舍。我在那裡遇到一位來學英文的大叔，他偶爾會來敲我的房門，一邊噘著嘴、一邊把啤酒遞給我。

　　那時在澳洲的韓國人並不多，所以光憑著同樣是韓國人這點就很容易親近。他說他來澳洲只有一個月，在當地也沒什麼朋友。他的年紀已經超過四十歲，個頭蠻大的，像是經

歷過什麼大風大浪一樣，看起來很兇狠，臉上沒有絲毫活力。我們邊喝著啤酒邊聊天，很快就變成朋友。

　　大叔常常來敲我房門，幾乎每天手上都會帶著酒。雖然想聽聽他的人生故事，但他怎麼樣都不說，只是淺淺地笑著而已。當時我常和宿舍的其他朋友去墨爾本的郊區玩，但他從來都不會加入我們的活動。他總是一個人，上課時間也只是稍微露個臉，一進房間後就不出門，頂多偶爾來我房間跟我一起喝杯啤酒而已。可能是因為這樣，外國朋友都跟他不熟，因為他不太會講英文，看起來很兇，感覺總是在醉酒，給人很有距離感。

　　某天他突然問我：「這次旅行，我可以一起去嗎？」當時我們在車上規劃要去墨爾本西邊的「菲利普島」。那裡可以看到全世界體型最小的「神仙企鵝」，牠們會在天色變黑後從海裡游回岸邊，搖搖擺擺地排隊走回巢穴。雖然我很好奇他為什麼會突然想參加這次的行程，但我沒有把這個問題問出口。我想，可能是因為他每天都一直待在房間，覺得太無聊了吧！

我們去菲利普島的那天下了暴雨，我有點擔心在暴雨中看不到企鵝，但後來還是看到了企鵝搖搖擺擺走向陸地的可愛模樣。大家都開始歡呼，不過，我卻看到坐在旁邊的他臉色不太對。大家都忙著拍照時，他卻看著企鵝偷偷地擦著眼淚，有這麼感動嗎？

　　那天晚上回到宿舍，我們喝著啤酒續攤。剛好 CD 放著史凱特・戴維絲的「The end of the world」。也許是因為聽到史凱特・戴維絲那甜美卻又帶點憂鬱的歌聲，他突然跟我道謝，我當時聽不懂這首歌的英文歌詞，也不知道為什麼他要道謝。

　　隔天起，他的氣色完全改變了，非常有活力，雖然講著不流利的英文，卻明顯看得出他努力地要找人講話。可能是酒喝得少了，眼神也越來越亮了。他來我房間的次數逐漸變少，也比較常看到他和其他人相處融洽的樣子。我離開墨爾本、搬到雪梨後，聽到幾個還留在那間宿舍的朋友提到他。他就跟我之前一樣，週末都會和宿舍朋友一起去各處遊玩。就這樣過了兩個多月後，他說他在澳洲的行程已經結束，準備要回韓國了。朋友們都說，他回去的時候看起來跟第一次

看到的樣子簡直判若兩人。後來我在回國前，聽到留在墨爾本的朋友講起他如戲劇般的故事。

聽說他本來很想死，他是以自暴自棄的心情來到澳洲的。他的事業一敗塗地，妻子被債主折磨到後來，帶著兒子離家出走。他為了找回妻小，發了瘋似地到處打聽卻依然沒有下落。而且債主一直找上門，家中值錢的東西都被拿走了，每天都過得像地獄一樣。「後來有一天看到電視上出現袋鼠跳躍的畫面，那是澳洲觀光局的廣告。當時他根本沒有其他辦法，已經被各種想法搞瘋了。」於是下定決心要來澳洲看看。

雖然我無法得知這是事實還是他隨口胡謅的，但至少可以確定他一開始曾經很絕望。他說：「兒子之前一直纏著他要去看企鵝」，但他從來沒有帶兒子去看。天天躲債主的生活，怎麼可能有辦法去看企鵝？

這大叔戲劇般的故事還沒結束。就在我回國一年左右，偶然在捷運裡看到他。我聽到史凱特‧戴維絲的「The end of the world」後抬起頭，看到他正在推著手推車賣 CD。「這一

張 CD 裡收錄了五十多首經典值得回憶的流行音樂！今天特別……」

　　大叔沒有認出我，但我立刻站起來離開那裡。我不確定我是因為尷尬才這麼做，還是擔心大叔會尷尬才這樣。不知道我們兩個人怎麼會剛好就在那裡同時出現，但我那時感到很安心，因為他看起來神采奕奕。

我們從小到大就被要求不能裡外不一，因為要塑造出我這個人的「形象」。如果表現出不符合那形象的言語或行為，別人就會說「你瘋了嗎？」、「這不像你！」於是我們從某個時候開始，學會限制自己擁有的多種「可能」。也許演戲這個技能，並不專屬於演員。如果擁有多種面貌的同時也能認定自己的存在價值，不就能夠讓自己的生活變得更豐富嗎？

Part 2.

也許演戲這個技能，
並不專屬於演員。

「如果不想在晚年的時候因為狐狸精而吃牢飯，你現在就要知道該怎麼做。我舅舅會檢查，誰敢偷錢？」

「你說誰是狐狸精？你竟敢說我媽是狐狸精？她可是我媽，我媽不是你這種人可以隨便亂叫的。」

—— 〈山茶花開時｜동백꽃필무렵〉，2019

《山茶花開時》是韓國 KBS 電視台於 2019 年 9 月 18 日起播出的連續劇，由孔曉振、姜河那、金知碩以及孫淡妃等人主演。女主角是一個從小被母親拋棄的孤兒，長大後卻意外成為了單親媽媽，獨自撫養著兒子。她在小鎮邕山開了一家名為「Camellia」的居酒屋，也就是山茶花的意思。本劇講述小人物如何克服外界偏見，努力創造屬於自己的幸福奇蹟。

每個人生來都不是一個人，
因為我們至少都還有媽媽

「我無法理解／那無數的夜晚～」小時候，只要跟媽媽一起坐在旅館前台，常常會聽到旅館對面的劇院播放韓國女歌手李美子唱的「東柏小姐」。我從來沒有聽媽媽說過自己小時候的事，也沒有聽她提起家人過，只是隱約知道在她年紀還小的時候父母就過世了，她只好獨自辛苦地在社會上打拚，幾乎什麼工作都做過了。

現在的生活當然已經跟以前不一樣了，這裡至少是有院子、有大廳，氣氛相當浪漫的小旅館，但是站在櫃台接待、打掃房間、招呼客人，這些工作仍然都是苦差事。現在想到

她要工作到凌晨都無法闔眼，一個人獨自守著櫃台有多麼孤單又辛苦，胸口就不自覺一陣刺痛。

　　為了讓孩子能早點上首爾念書，我的母親什麼工作都做過。雖然我年紀很小的時候就上首爾，抱怨在大城市生活有多辛苦，但那是媽媽在監獄般的收銀台熬了多少夜晚才換來的呢？媽媽從小就因為工作吃力而沒辦法好好上學，到了很大的年紀才有機會念書。當時她從鄉下往返首爾清涼里的文解學校[4]念書，才學會認字。她在忙著顧櫃台、晚上都沒有好好睡覺的狀態下，還要走那麼遠的路去上學，可見她的求知慾有多麼強烈。

　　我小時候，覺得家裡開旅館是一件很丟臉的事，所以我都在父母的職業欄寫上「商人」，等大一點後就寫「做生意」。我不知道為什麼我會這麼做，但到了年紀更大之後，我對於這樣的自己感到丟臉。

　　而且**後來我才知道，我之所以選擇撰寫跟大眾文化有關的文章作為職業，也是因為受到那家旅館很大的影響**。劇院

---

[4] 譯註：韓國的「文解學校」類似於台灣的「長青學苑」，此為政府免費提供的第二次教育機會，給小時候因家境困難或錯過讀書機會的成年人讀書的學校。

就開在我家旅館的正門口，所以只要有來舉辦演唱會的藝人，都會下塌在我家的旅館。李美子、李朱一、李相海、裴三龍這些資深韓國藝人都曾經住過我家旅館，當時還摸過我的頭。現在回頭來看，覺得這些經驗自然而然地引導我走進大眾文化的領域，也許就是受到坐在收銀台時無止境地聽到李美子的「東柏小姐」影響。

〈山茶花開時〉裡，東白（孔曉振 飾）對於小時候拋棄自己的媽媽趙貞淑（李姃垠 飾）愛恨交加。媽媽因為生活太窮困，只好拋棄了自己的孩子，忍受心如刀割的痛苦將女兒交給育幼院。但她從那之後，一天也沒有忘記過東白。媽媽把自己的生活，當成是只為了東白這一人而存在，關於這一點，即使她再婚了也從未改變。就連她後來在婆家過著艱辛的生活時，依然想盡辦法為東白存錢買保險，那些錢對她而言，就像東白的性命一樣。

東白雖然一直不願跟自己的媽媽相認，但聽到趙貞淑的繼女說自己的媽媽是「狐狸精」時，立刻甩了她一巴掌，說：「那是我媽！」我看到這一幕，也不自覺地流下眼淚。不管世界上任何人說了什麼，媽媽對孩子而言依然是非常重

要的存在。就像我的母親，在我小時候，她總是面無表情地坐在櫃檯，雖然看起來不以為意，但我花了很長的時間才意識到她真的犧牲了很多。

某次跟媽媽一起去澳洲旅遊，我們開著租來的車，播放著媽媽喜歡聽的音樂，在車上聽著老歌一起哼唱。心情變好的媽媽也跟著一起唱，在某個瞬間媽媽突然變得安靜。原本我只是盯著前方開車，後來注意到媽媽變安靜之後就往旁邊一看，發現媽媽竟然流下眼淚。我問：「妳怎麼哭了呢？」

> **媽媽說：**
> **「現在我知道，這就是開心的眼淚。」**

原來，這樣的旅行對媽媽而言，是非常奢侈的享受。

有時候，我會覺得自己就像田間小路的小花一樣，一路走來既孤單又辛苦。現在我自己也為人父母後才稍微瞭解到，小花終究不是憑自己的力量開花的。空氣中不但有看不見的微風吹拂著、有溫暖的陽光照耀著，還有濕潤的雨水滋潤著乾涸的枝枒。每個人生來都不是一個人，因為我們至少都還有媽媽。

你說誰是狐狸精？
你竟敢說我媽是狐狸精？
她是我媽，
我媽不是你這種人可以隨便亂叫的！

……媽媽！

「只要過得像花一樣就行了。在我的記憶裡，士大夫家族的女人都是這樣。」

「我也是這樣，我也過得像花一樣；只不過，我是火花。每次起義時，我都會想到死亡的重量，才能精準地射出子彈後快速躲開。我們穿著西裝遮住臉時，就成了無名無臉的義兵。所以我們才一定要擁有彼此。雖然這麼做，對爺爺來說十分殘忍，但我希望能以火花的姿態，至少曾經炙熱地閃耀過後再逝去。即使我很怕死，我還是選擇了這麼做。」

—— 〈陽光先生｜미스터션샤인〉，2018

《陽光先生》是韓國 tvN 電視台於 2018 年 7 月 7 日起播出的連續劇，由李炳憲、金泰梨以及柳演錫等人主演。本劇以韓國被日本殖民統治前 5 年為背景，講述了辛未洋擾時期（1871 年，美國與朝鮮王朝之間的戰爭），一個乘坐軍艦來到美國的韓國青年，以美國軍人的身分返回祖國朝鮮，如何與身為朝鮮精神支柱象徵的官宦門第家小姐相遇，兩人墜入愛河的故事。

Story 10.
| 陽光先生 |

就算只有一天，
也要活得像火花一樣燦爛

　　我學生時期就離開老家到外地念書，那時的生活就只是念書，我覺得快悶死了，所以常常跟朋友一起在巷口玩。我們通常是玩捉迷藏，偶爾會到文具店買鞭炮來玩。現在想想，那些鞭炮可以說是很危險的玩具，紙裡面包著火藥，點燃引信後就會燒起來，發出「砰」的一聲爆炸。小孩子根本不知道這有多危險，點燃鞭炮後直接丟到別人家門口，偶爾還會嚇到路人。即使當時曾聽說有人在丟鞭炮之前炸到自己的手，但我們還是樂此不疲。每次聽到爆炸聲響起的時候，都有一種莫名的快感。

上大學後，我才實際感受到那爆炸的聲音有多可怕。1987 年 6 月，韓國爆發了大規模的「六月民主運動[5]」，很多學長姐和朋友都上街示威要求政府推動民主化，鎮暴警察像開槍一樣射出催淚彈，另一邊的胡椒噴霧車射出催淚瓦斯。那年學生運動家李韓烈在示威過程中遭警方射出的催淚彈擊中頭部，雖然送醫治療，但仍舊不治身亡。親身經歷過這個事件後，從此爆炸聲對我而言再也不是遊戲。在那樣的戰場上，有人因為爆炸聲音而躲避不及，犧牲了一條寶貴的性命。

1987 年在民主化運動催化之下，雖然出現了六二九宣言[6]，也開始出現民選總統，看似出現改變的契機，之後的政權卻依舊腐敗，於是大學生再次走上街頭。在九〇年代接連發生了令人遺憾的大學生自焚事件。為了追求更好的世界，他們跳進無數的爆炸聲中，終究成為了火花。

〈陽光先生〉中，貴為士大夫千金的高愛信（金泰梨飾），本來一輩子都能過著好日子。在混亂的大韓帝國末

---

[5] 編按：六月民主運動，又名六月民主抗爭，是韓國於 1987 年 6 月爆發的大規模民主運動。

[6] 編按：六二九宣言是時任韓國民主正義黨總統候選人盧泰愚於 1987 年 6 月 29 日發表的演講，演講中他承諾同意總統直選並採取民主化改革。

期，他們是坐擁大筆財富的貴族，只要他們願意就能舒舒服服地過日子。不過，她卻自己選擇成為義兵。崔宥鎮（李炳憲 飾）出現在她面前問她，一個士大夫家族的女人只要過得像「花」一樣就行了，為什麼要這麼做。高愛信回答：

> ”我也是這樣。我也過得像花一樣；
> 只不過，我是火花。„

她選擇像「火花」一樣燃燒後再凋零，而不是美麗的「鮮花」。我聽到這句台詞後，瞬間想到在九〇年代的大學生燃燒自己的火花。他們沒有選擇隱忍度日，而是選擇了「就算只有一天，也要活得像火花一樣燦爛」的道路。

火有破壞的力量，但有時也會相當浪漫地照耀。所以才會在火後面加上「花」，稱為「火花」。通常提到革命時，都會想到如「火」一般激烈，不過，大學裡的革命也像「火花」般浪漫。**他們破壞既有腐敗的秩序、夢想著更好的未來，這樣的生活就像火花一樣浪漫。**雖然現實並不如理想中美好，但如火花般的生活卻留下浪漫的回憶。就像燃燒自己的寇特・柯本[7]說的一樣：「It is better to burn out then fade

---

[7] 編按：寇特・柯本（Kurt Cobain）為美國知名另類搖滾樂團 Nirvana（超脫樂團）的主唱，於 1994 年自殺，自殺的原因至今成謎。

away.（寧願燃燒殆盡，也不要逐漸消逝。）」

　　不過，我們的生活無法那麼浪漫，大部分的人無法選擇燃燒自己、像火花般生活。在看見這些「火花」時，我也瞭解到在我們看不見的背後，正有無數的「燭火」緩緩燃燒著。許多人踩著現實的步伐提著燭火前進，雖然無法一次就造就出巨大的火花，卻能長久燃燒，一根接著一根，安靜地改變世界。**火花的生活雖然比鮮花更崇高、更美麗，但燭火的生活卻更偉大。**

　　1980 年的某天，我們離開補習班進入示威的大學生群眾裡。嗆鼻的催淚彈沿著巷口飄散，讓四周的空氣變得惡臭無比，還在念書的我們被不知名的恐懼圍繞著。補習班老師迅速關上門窗，把學生藏起來，然後叫我們要保持安靜。連平常十分冷靜的老師，臉上也浮現出著急和害怕的神情。鎮暴警察追趕著學生，聽到他們穿著軍靴的腳步聲遠離巷口後，我們和學生們依然屏氣凝神地躲了好一陣子，在那緊張又混雜著興奮的時間中，我們感受到了認同感。

　　上了年紀之後才明白，這世界上有許多躲藏著的燭火，

默默引領著我們前進。燦爛的火花勝過熾熱的火，而緩緩燃燒著的燭火又勝過一時絢爛的火花。火花勝過火，燭火又勝過火花！

「說實在的，我沒有很高興你進來這裡。如同你已經知道的，我們需要以一擋百。」

「我知道。」

「應該是安英怡要來的⋯⋯唉，既然你來了，不管怎麼樣都忍耐吧！在這裡，忍得住就贏了。不管怎麼說，忍耐就能讓你朝向『完生』前進。」

「完生？」

「你應該不知道吧！圍棋裡面有這樣的術語，未生、完生。我們都還是未生。」

──〈未生│미생〉，2014

《未生》是韓國 tvN 電視台於 2014 年 10 月 17 日起播出的連續劇，由任時完、姜素拉、李聖旻以及姜河那等人主演。本劇改編自網路漫畫，講述夢想成為職業圍棋選手的主角在追夢失敗後，幾經挫折下成為一般貿易公司的實習員工後的故事。由於以社會新鮮人的視角描繪職場困境，播出後廣受上班族熱烈迴響。

只有堅持下去，
才能走出自己的路

　　我人生中第一份正式工作，是負責韓國一家燒酒公司的行銷宣傳。在那之前，原本已經下定決心一輩子都靠寫文章維生就好了，直到要結婚的時候，才不得不趕快找一個有固定收入的工作。因為這間公司賣酒，我理所當然地認為會喝很多酒；事實上，在這家公司工作的那段時間，我也真的喝了不少酒。下班後的固定行程就是去跑指定店家，一個晚上要喊好幾次「阿珠媽[8]！這裡來幾瓶真露酒！」才能回家。

　　在行銷宣傳部的會議室裡，偶爾也會試喝國內或國外推出的新產品，這似乎已經成為公司裡的例行事項了。下班

| [8] 編按：韓文裡「大嬸」的意思。

前，大家聚在會議室裡喝酒，連下酒菜都沒有，結果隔天就會宿醉，同事互相問著說：「你還好嗎？」、「頭快痛死了！」、「一定要的啊！」

當時每天的日常生活都跟酒脫離不了關係。逢年過節時會收到酒品禮盒，也會有頻繁的聚餐與應酬。可能因為這間公司本來就是以業務起家的，所以也會透過全國各地的業務員收到超多的美食餐廳資訊。後來就算只是一般的出差採訪，工作結束後的行程，往往都是去餐廳喝酒。

我們都會半開玩笑地自稱是「白老鼠」。一開始因為我很愛酒，所以很喜歡這些喝酒活動，但是當「喝酒」逐漸變成日常生活後，就會被不安的情緒籠罩，害怕自己總有一天會出事。不知道是幸還是不幸，在我任職滿一年後，公司就面臨破產，所有的員工都被資遣，我也離開了那家公司。後來偶爾遇到當時的同事，我們還會開玩笑地說，幸虧當時被裁員，才能健康地活到現在。

我的第一份工作不太順利，後來又換過幾間公司，也都沒有好結果。曾經待過付不出薪水的公司，也曾在大家熱衷

於投資的時候，跟幾個意氣相投的朋友合資創業，甚至也拿到天使投資人的資金，結果還是賺不到什麼錢，最後就搞砸了。**終究，我繞了好大一圈，還是又回到我本來最想做的文字工作。**

身為一個自由工作者，透過寫作賺錢實在不是件容易的事。只要是用文字賺錢的工作，我什麼都願意接。我當過外包的企劃、寫手，也寫過動畫劇本。為了獲得將電影腳本數位化的公共勤勞職[9]，我必須四處奔波。

老實說，我幾乎每天都感到很焦慮，也許是因為當時還年輕，才能在那種情況下過一天算一天。講好聽一點是自由工作者，但是沒有工作的時候就變成無業遊民。我就是如此一個工作換過一個工作，同時寫著我夢想中的小說。現在想想，應該是因為我一直有著寫小說的夢想，才能讓我抵抗這麼艱難的現實環境。因為事實上我就是仰賴打零工來維持生計，卻又要一邊安慰自己這不是我真正想要的生活。我覺得身為一個小說家，才是我真正的人生願景。

〈未生〉原本是一部網路漫畫，後來以網路漫畫為基礎

| [9] 譯註：公共勤勞職，韓國政府為失業者或低收入勞工所提供的就業機會。

拍攝成電視劇。我在追劇的時候，頻頻想起我上班的日子和在社會上打滾的時候發生的事。在職場上，我們都是「未生[10]」，我們都是生死未卜的那一步棋。所以，與其說是在享受著什麼，不如說我們是在努力撐過每一天，而讓我們這些未生撐過每一天的那股力量，就是相信「自己正朝向『完生』前進」，否則，我們是無法撐過的。

當然，現在我也還是「未生」。雖然懷抱著成為小說家的夢想，卻還是連一篇小說都沒寫出來，反而每天都趕著在截稿日前完成累積的工作。即使現在過得不怎麼樣，但這就是自由工作者真實的生活。

不過，就算曾經有過那種生活，但我之所以能撐到現在，就是因為我相信自己正朝向「完生」前進。**也許我永遠無法達到完生**，或是不知道什麼時候才能成為小說家，可是**這樣的信念是很珍貴的，因為這股信念能讓我們撐過最黑暗的時刻。**

---

[10] 編按：「未生」一詞源自於圍棋術語，意指「死局的最後一步棋，下錯了就全盤皆輸，下對了就能起死回生」。還沒被對手吃掉前，都是生死未卜的「未生」，最後贏的一方才是活下來的「完生」。

「你說『這臭小子』看看！」

「臭小子。」

「臭小子，這樣都演不好嗎？！」

「臭小子，這樣都演不好嗎？！」

—— 〈成為王的男人 | 왕이된남자〉，2019

《成為王的男人》是韓國 tvN 電視台於 2019 年 1 月 7 日起播出的古裝連續劇，由呂珍九、李世榮以及金相慶等人主演。本劇改編自 2012 年的電影《光海，成為王的男人》，內容講述政局混亂的朝鮮王朝中期，國王李憲為了預防自己遭遇不測，找來了外貌與自己十分相像的戲子「夏仙」代替他扮演君王，進而衍生出的一系列故事。

Story 12.

| 成為王的男人 |

一個人真正的長大，
是接受更多不知道的「我」

「你們覺得演戲是真的嗎？還是你們覺得是假的呢？」
經紀公司邀請我幫偶像練習生上課時，我常常問他們這個問
題。很多練習生都會回答「全部都是假的」，他們認為演戲
只是一種「模仿」。

不過，套句某位戲精演員曾說過的話——「演戲絕對不
是假的，而且絕不能是假的」。至少在那瞬間必須是真的。
如果明明不愛，卻要演出很相愛的樣子，立刻就會露出馬
腳。所以演員在演感情戲的時候，要真正沉浸在愛情裡。當
然演完之後，就得要回到自己本來的模樣，這才是演戲。

我之所以會問偶像練習生關於演戲的問題，是為了強調對一個表演者來說，需要具備許多不同的面貌，而且在作品或歌曲中都必須呈現出真正的自己，而非虛假的自己。不過當我這麼說的時候，練習生都會感到困惑地問我：「所以，我必須是多重人格嗎？」這問題雖然令人哈哈大笑，但每次我都會想著，我們為什麼這麼執著於單一面貌、單一定位呢？所以我會反問他們：

"我們為什麼只能用一種面貌生活？ "

其實，我們光是在一天之內就會變換相當多個面貌。早上起床時面對家人是一種面貌、遇見好久不見的朋友時又會回到以前的面貌；到了公開活動等聚會時，又會展現出另一種面貌。偶爾上台演講時，我都會想，到底這變化多端的面貌，是藏在內向人格的哪個角落？儘管上台前會緊張好一陣子，但實際站上舞台時，另一個我就會不自覺地展現出來，滔滔不絕地演講著。

我的各種面貌

只會寫文章的我

害羞的我

沒出息的失業者

藝人老闆

口才好的我

老油條

夢想家

老頭子

好！
今天我要扮演
哪個我呢？

我實際感受到有更多我不知道的「我」存在時，就是去澳洲學英文的時候。那是我第一次出國，而且不太會講英文，所以一開始都把自己關在宿舍不出來。後來我開始跟住在同一間宿舍的外國人一點一點地用英文聊天，那時連我自己也沒發現，已經有一個全新的我誕生了。

　　在某個下雨天，我彈著在市區衝動下買的吉他，低沉地唱著披頭四的歌，突然有個人來敲門，原來是隔壁房的日本同學，我們沒講什麼話，只是說了一下彼此的名字，然後一起唱著披頭四的歌。就這樣，來我房間的朋友開始慢慢增加了。後來我會跟他們一起喝酒、一起去旅行，在這個過程中，我感受到了完全不同的我。

　　回過頭來想想，那樣的變化應該是在連一個人都不認識的環境中，說著英文這全新的語言而開始的。就像新生兒第一次講話，透過人際關係建立自我一樣，我也塑造出了另一個我。當然那樣的我，在回國一年後就消失得無影無蹤，我又回到「原本的我」了。

　　只不過在經歷這件事後，我開始自然地接受在新的體驗

或關係中出現的「另一個我」。原本我以為自己一輩子都只是個坐在書桌前的作家，現在我也會上節目、上台演講。我的母親甚至跟我說：「誰料得到像你這樣害羞的人，竟然也會有這一天？」

以「乞丐王子」為素材的朝鮮版電視劇〈成為王的男人〉，第一集裡李憲（呂珍九 飾）把跟自己長得一模一樣的夏仙（又名河善）（呂珍九 飾）叫過來，命令他要模仿自己。緊張兮兮的夏仙在大王面前，尷尬地模仿大王的語氣說出「臭小子」，大王聽到後氣得大罵：「臭小子，你連這個都演不好！」

他一說完，就引出夏仙內在的另一個自己，夏仙就用跟大王一樣的聲音喊：「臭小子，你連這個都演不好！」大王看到後非常滿意他的演技，笑得相當開心。後來，夏仙便漸漸隱藏自己，扮演大王的角色、表現出大王的行為，一副他本來就是大王的樣子。

我們從小到大就被要求不能裡外不一，因為要塑造出我這個人的形象。**如果表現出不符合該形象的言語或行為，別**

人就會說「你瘋了嗎？」、「這不像你！」於是我們從某個時候開始，學會限制自己擁有的多種「可能」。

也許，「演戲」這個技能，並不專屬於演員。如果擁有多種面貌的同時也能認定自己的存在價值，不就能夠讓自己的生活變得更豐富嗎？偶像練習生時而需要活潑、時而需要悲傷地唱歌，當我問他們：「你覺得，擁有一個面貌比較好？還是擁有一百種面貌比較好呢？」他們就會理所當然地回答「一百種面貌」。

在不同的情境裡擁有不同的面貌，才能在自己人生的舞台上，盡情展現自我。

我的各種面貌

「在某個陌生的都市裡緩緩地走個三四十分鐘，複雜的想法就會被某處吹來的微風吹散，人生還有什麼特別的嗎？就這樣也不錯啊！

我看著你的時候，就像那三四十分鐘。」

—— 〈通往機場的路｜공항가는길〉，2016

《通往機場的路》是韓國 KBS 電視台於 2016 年 9 月 21 日起播出的連續劇，由李相侖、金荷娜以及申成祿等人主演。劇中雖細膩描述空服員的日常，但並不是一部職人劇，反而是從「已婚男女之間是否能存在友誼」開始切入劇情。本劇播出後，由於有人認為該劇過於唯美描述婚外情，曾引起網路上一番激烈論戰。

短暫地脫離現實，
讓緊繃的生活重新開機

　　我特別喜歡前往機場路上的那種感覺，就算不是去旅行也沒關係。不管是為了接機還是送機，當我開車進入機場系統的高速公路時，內心總會不自覺地感到悸動。

　　看見遠處的地平線和跑道上奔馳後升空的飛機，看著飛機越來越遠以及映入眼簾的藍天，還有蓬鬆柔軟到就算倒在上面似乎也會被接住的白雲，這些都讓人覺得很新鮮。那份悸動會從腳底直衝胸口，就像被電到一樣。那時我會突然想到：「我有多久，沒仔細看看天空了呢？」

﹂機場，是讓人能脫離現實的空間。﹁

　　當然只是短暫的脫離，也知道要怎麼回去，但不知為何，內心還是無法控制地悸動著。在那些準備要出發的遊客身上，絲毫看不見被生活壓到喘不過氣的沉重壓力，每個人都散發出明亮快樂的氣息。就像氣球裝滿氦氣，輕飄飄地飛上空一般，那份快樂也能夠傳染給我。離開熟悉的城市到陌生的地方，機場總能讓我暫時脫離日常，擁有好心情。

　　因此，我因為〈通往機場的路〉這電視劇的劇名而非常期待。這部片雖然是有夫之婦崔秀雅（金荷娜 飾）和有婦之夫徐道宇（李相侖 飾）之間的愛情，也就是「外遇」，但不管怎麼說，我還是很喜歡這齣劇。慶幸的是，這部片更著重於讓人看到「脫離現實」的空間，而非外遇。

　　一邊眺望著漢江一邊講電話時、在某個天氣好的日子坐在後院迎著涼爽微風時，或是仔細感受著走在小巷裡的恬靜、吹拂過廣闊無際平原的微風，還有看到密密麻麻地站在電線桿上的鳥兒……。不論劇情為何，光是看到這些場景就令人愉悅不已，也讓我想起從前旅遊的回憶。

我們每天的生活都過得太急促，很難讓內心找到喘息的空隙，所以我養成了一個習慣，就是跟人見面時都一定會提早三十分鐘到。只要我提早三十分鐘到，內心不知為何就像找到了空隙一樣。

在短短的時間內，漫無目的地在那附近的社區巷子裡走走，欣賞那裡的店家，也觀察那裡有什麼樣的人。仔細看看平常忙到忘記抬頭看的天空，感受看看藏在彎彎曲曲的小巷子裡的空隙。像這樣花三十分鐘在附近繞繞，再回到約好的地方時，那天見到的人看起來也變得特別了。

高中時期，每次覺得心情很悶的時候，我會隨便搭上一台公車坐到終點站。現在很多公車的終點站，已經是跟「終點站」這個名詞完全不搭的鬧區，但從前公車終點站的所在地，真的會讓人有到「終點」的感覺。

離開都市到了人煙稀少的陌生終點站，腦袋放空走一走的時候，就會看到平常看不到的風景。田地直直地延伸到遠處、電線桿上的電線不知道會接到哪裡、鄉下商店大部分的地方都快坍塌，還有長輩三三兩兩聚在櫸樹下，喝下陶瓷碗

裡的馬格利酒，用來消除炎熱白天的煩悶……。看完這些風景再搭公車回家，總覺得常見的家人和朋友也都變得不一樣，因為我的心態已經煥然一新。

　　花一分鐘的時間抬頭看看天空，花三十分鐘提前抵達約好的地方附近繞繞，如果有半天的時間，就能隨便跳上一台公車坐到終點站。就算時間不長，這些短暫的脫離也能讓緊繃的生活重新開機。**沒有人規定去機場一定是要去哪裡旅行，因為前往機場的路上，本身就是一種出發了。**

「記憶總是以自我為主，

連以前覺得什麼都不是的日常瑣事，

只要經過記憶這個濾鏡，就變得模糊了。

因為記憶總是以自我為主，

所以未來的我無法清楚瞭解現在的我。

在遙遠將來的我，會如何記得現在的我呢？」

—— 〈戀愛時代｜연애시대〉，2006

《戀愛時代》是韓國 SBS 電視台於 2006 年 4 月
至 5 月期間播出的連續劇，由孫藝真、甘宇成、孔
炯軫以及李荷娜等人主演。本劇改編自日本作家野
澤尚的同名小說，內容講述一對雖然已經離婚的夫
婦，兩人卻仍舊常常見面，也會互相給對方介紹男
女朋友，一直保持著特殊的關係。直到最後他們才
發現，彼此心中最放不下的就是對方。

Story 14.
| 戀愛時代 |

偶爾透進一點陽光的陰暗地方，更顯得美好珍貴

　　看了奉俊昊導演的電影〈寄生上流〉，想起我二十歲的時候，也曾經住在首爾驛三洞的「半地下室[11]」。原本半地下室並不是讓人居住的地方，那是獨棟住宅裡面具備的一個倉庫。然而，因為在首爾租房子的租金很高，隨著有一個人、兩個人進去住，那裡就成了一個居住空間。在我一度很想成為小說家、嘴巴都叼著菸的時候，也曾經住在「半地下室」裡。

　　我對那個家印象最深刻的地方是公共廁所，廁所就位在

---

[11] 編按：半地下室是指房間地面低於室外地平面的公寓單位，採光較差、缺乏隱私且容易淹水，租金價格比同一樓層的其他單位低廉，一般被視為韓國貧窮階級居住的地點。韓國特有的「半地下室住房」，因為 2019 年電影〈寄生上流〉而廣獲世界認識。

半地下室的中間位置。房東幫住在半地下室的所有房客設計了一個簡陋的樓梯，門打開後、走上那個樓梯，最頂端的地方就是馬桶。所以我第一次進去廁所的時候，看著在樓梯上像寶座一樣的廁所，就忍不住噗哧一笑。爬到樓梯頂端，坐在馬桶上時，心情真的就像坐在寶座上一樣。

問題是，當有人敲門的時候，我沒辦法走下樓梯敲門回應，只能尷尬地大聲說：「裡面有人！」結果他等了一下之後應該也猜到裡面有人，然後就離開了。**看來他能夠理解，裡面坐在寶座般馬桶上的人，聽到有人敲門時有多驚慌失措。**

現在想想，半地下室的生活實在沒什麼好的。照不到太陽、總是會看到隔壁房男房客的影子。驛三洞位於江南，住在半地下室的人大部分都從事服務業。例如隔壁房的男生在音樂酒吧裡面提供酒品，另一個房間的姊姊不知道是從事什麼工作，但她都是晚上出去上班，到了早上才回家。在盛夏梅雨季時，漢江常常會氾濫，我每到那種時候都會非常緊張，生怕家裡會像〈寄生上流〉裡的場景一樣淹水。

因此，早上起床後我都會先用腳踩一下地板，如果有水，果然電視新聞就會報導淹水了。這就是半地下室的生活寫照。

某天我因為急性胸痛，無法呼吸，覺得自己快死了。因為我一時找不到人求救，只好打電話給在鄉下的媽媽，結果不到二十分鐘就有人來敲我的門。我心想，我在首爾沒有親人，這時是誰會來呢？原來是當時我簽下這間房子時的仲介叔叔。媽媽情急之下打電話給仲介，拜託他幫忙。還好有那位叔叔，我才立刻到醫院掛急診。

在半地下室的生活，給了我很多奇妙的回憶。

諷刺的是，我是住在那裡的時候認識了現在的老婆。我們當時在同一間補習班上課，同樣都是學電影劇本。令我意外的是，原本十分灰暗的地下室空間，在女朋友來訪、我們一起吃飯喝茶時，就完全變成另一種樣貌。我現在依然覺得，之所以會和她結婚，也是因為當時的經驗。一個會讓陰冷的半地下室瞬間變得暖和的存在，怎能不和她攜手共度一輩子呢？

在那之後過了差不多二十年，我和老婆一起看〈寄生上流〉時，聊到當時住在半地下室的生活。老婆回想那時說：「我真的不知道自己當時怎麼會那麼鎮定，真是什麼都不怕。」我也是一樣。其實那個環境真的很糟糕，當時的經驗就像在樓梯頂端的馬桶一樣很可笑，**但我印象最深刻的，是當時跟老婆一起吃一頓飯的飽足感和幸福感，這就是濾鏡般的「記憶」所營造出的魔法**。

痛苦的回憶，是不可能記得這麼清楚的。沒錯，非常痛苦的傷口的確會留下創傷、無法消除，而且那些無法忘卻的記憶甚至能擊垮一個人，尤其在上了年紀後，真切感受到生活的確不容易。

不過令人驚訝的是，**比起痛苦，幸福的時光會更長久留在腦海中**，這就是記憶能在我們生活中發揮的魔法。所以，就算我們知道會很辛苦，還是會繼續往前走下去。因此，只要能撐過現在的艱難或痛苦，未來也許都會成為甜美的回憶，這也是一件值得開心的事情，不是嗎？

「我啊,很久以後,如果我開了一間餐廳,我只會在餐廳裡放一張餐桌,廚房裡也只會有一個主廚。因為餐廳裡只有一張餐桌,真的是一間很小的餐廳,所以一天只能接受一組客人,而我只會為那組客人專心做料理。我不會考慮我自己的喜好或我的拿手食譜,我會按照他的要求做菜。如果他要吃很鹹的,我就會煮得很鹹;如果他要吃很甜的,我就會煮得很甜,那就是那道菜的味道。何必一定要按照什麼順序吃,我全都不管。服務也由我來做,我會像對待家人一樣對待他。」

「這就是我們社區裡的麵店耶!它才開一個月就倒了。」

—— 〈料理絕配 Pasta|파스타〉,2010

《料理絕配 Pasta》是韓國 MBC 電視台於 2010 年 1 月 4 日起播出的連續劇,由孔曉振、李善均以及李荷妮等人主演。本劇以義大利餐廳為背景,孔曉振飾演一位勇往直前的廚房助理,李善均則是外貌和實力兼備的一流廚師,兩人在各種衝突和爭吵中慢慢愛上對方,是一部愛情喜劇。

Story 15.
| 料理絕配 Pasta |

要經歷過人生的酸甜苦辣，
我們才會「熟成」

　　在學習關於葡萄酒的知識時，所謂「味道的三角形」成了我體會人生的重要觀點。酒基本上有三種味道，單寧的苦味、酒精的甜味，還有從酸度釋放出來的酸味。**酸味、甜味和苦味這三者的平衡，會決定酒的滋味。**

　　品酒時，我會感受不同葡萄熟成後所散發出的味道，這「味道的三角形」就是我掌握葡萄酒品質的基準。有些葡萄酒是酸味很強、有些葡萄酒是苦味明顯，有些葡萄酒則是甜味出眾，不過若偏重其中任何一種味道，就無法表現出葡萄酒的和諧，這三種味道都要達到適當的均衡，才稱得上是好

的葡萄酒。

我們常喝的葡萄酒之一，是波爾多的「卡本內蘇維濃（Cabernet Sauvignon）」，這是世界上非常重要的葡萄品種之一。這個品種很有意思，它會隨著葡萄的熟成時間而改變葡萄酒的味道。葡萄熟成的時間相當重要，例如法國相當聞名的 Château 葡萄酒，要釀造數十年才能釀出真正的味道，如果太早打開，葡萄酒就只有苦味。

卡本內蘇維濃葡萄酒的單寧成分會發出苦澀的味道，所以需要很長的時間熟成。一開始苦澀的味道甚至難以入口，但在長時間熟成後，那入口的醇厚就會變得像絲綢一般順滑。

從葡萄酒裡的「熟成」概念，可以直接聯想到我們的人生。有人在很年輕的時候就發光發熱，也有人在年輕時沒什麼人注目，後來上了年紀才一舉成名。到頭來，每個人都會按照自己的步伐，找到屬於自己發光發熱的時期。

除此之外，葡萄酒味道裡的「味覺三角形」：酸味、甜

味和苦味，就是我們生活的滋味。有時候很甜、有時候很酸，還有時候會苦到難以忍受。不過，要經歷過人生的酸甜苦辣時，我們才會逐漸熟成。所以那些一直腳踏實地生活的人說出的話就算不是什麼經典台詞，也會讓我們的心受到震撼。因為他的話裡包含了酸味、甜味和苦味，即使是相同的一句話，從他口中說出來時也會讓人感受到不同的份量。

我在逐漸開始感受葡萄酒的味道時，常常做義大利麵來搭配。很奇怪的是，提到葡萄酒，我就會想到義大利麵，義大利麵加上一杯葡萄酒真的是絕配。在觀賞〈料理絕配Pasta〉這齣電視劇時，劇情談論到像打仗一樣煮義大利麵的廚房故事，同時我也開始做起了義大利麵。雖然我對做菜不是十分擅長，但我和我老婆都認為，只要有適當的大蒜和好的橄欖油，再配上一杯葡萄酒，就可以做出非常好吃的義大利麵了。老婆吃著我煮的義大利麵說，雖然不是外面高級餐廳的味道，但真的非常好吃。

我在做義大利麵的時候，很清楚不光是葡萄酒有「味道的三角形」，食物裡面也有。再怎麼難喝的葡萄酒和難吃的義大利麵都有自己的三角形。雖然有些食物太苦、太酸或太

甜，但大部分的食物都有味道的三角形。所謂美味的食物，就是將這三種味道做到平衡的極致。

我問過我的葡萄酒老師，到底韓幣幾百萬元的葡萄酒和幾萬元的葡萄酒有什麼差別？老師說：「百萬元葡萄酒跟萬元葡萄酒的差別，就在於那三角形的大小。有些葡萄酒會畫出非常大的三角形，有些葡萄酒則是偏小的三角形。所以價格不是用來區分出好酒和壞酒，重點是那三角形清不清楚，有沒有偏向哪一邊。」

換句話說，就算味道能畫出一個大三角形，如果三角形偏向某一邊，就不能算是好的葡萄酒；就算畫出小三角形，如果達到均衡，就算得上是好的葡萄酒。

關於這些葡萄酒的知識，就像是在講我們的人生故事。我們都很想成功、想賺大錢、想變得有名；不過，無論是將上述單獨哪一項做到極致，都無法評斷一個人的價值。

**"就算一個人生活的規模很小，
如果是能讓這個三角形達到均衡，**

就會是相當有價值的生活。 ,,

即使是畫出小三角形的義大利麵，如果有人很珍惜、吃得津津有味，那就是幸福的生活。

「那鄭金資的名字是真的嗎？」

「假的啊！我花錢取的名字。」

「你的人生中有什麼是真的嗎？」

「現在這瞬間看著你的我是真的，過去的我和未來的我都不是。聽懂了嗎？尹熙材？」

「對我來說，過去的我是我，未來的我也是我。這就是我與你最大的差別。只活在現在的妳，真是可憐啊！」

——〈Hyena：富豪辯護人｜하이에나〉，2020

《Hyena：富豪辯護人》是韓國 SBS 電視台於 2020 年 2 月 21 日起播出的連續劇，由金惠秀和朱智勳主演。本劇不同於一般法律劇，主要聚焦於韓國上流社會的官司，講述一群專門為上流社會收拾殘局的律師，為求個人生存而彼此鬥爭的故事。男女主角分別代表兩種階級與律師風格，因此劇中對於貧富階層、正義道德與權力鬥爭都有細膩的呈現。

| Hyena：富豪辯護人 |

正因為有過去的痛苦回憶，
才能塑造出現在的我

　　我不太寫日記。小時候的我對寫字有陰影，字寫得很難看，所以不太喜歡寫日記。不過我的太太卻很喜歡寫日記，喜歡到可以說是上癮的程度。每到新的一年，她就會買五六本日記本開始記錄日常。當我問她哪有那麼多東西好寫，她就會跟我說明，每本日記的用途都不一樣，有專門記錄新點子的日記、有專門寫今天發生什麼事情的日記，還有用來規劃工作的日記。

　　我不用日記，偏好使用行事曆來記錄待辦事項和約會。最近手機裡都有線上行事曆，所以我通常都是使用這些方便

的服務。當一年過去、新的一年到來時，我會以月份為單位，重新檢視去年的行事曆。雖然總覺得沒做什麼特別的事，一年就這麼過去了，但仔細看看，就會發現發生了很多事，也認識了很多人。

在 YOLO 哲學（YOLO 為 You Only Live Once 的首個字母縮略字，意為「你只會活一次」）的風潮下，「活在當下」似乎成為我們這個時代的宗旨。但我認為，將寫在日記的「瑣碎過去」集合起來，就會塑造出「現實」，而那樣的「現實」將會打造出未來。

在〈Hyena：富豪辯護人〉裡，尹熙材（朱智勛 飾）對極力否認過去、只活在當下的鄭金資（金惠秀 飾）說：「**真是可憐啊！**」我聽到的時候非常有共鳴。**我能夠理解那種因為過去的經歷太過悲傷，導致自己只想專注於活在當下的心情；雖然我也知道，執著於痛苦的過去而無法抓住當下，這並不是聰明的做法。不過，有時候正因為有過去的某段痛苦回憶，才能塑造出現在的我。**

每當生活壓得我喘不過氣時，我的腦海中都會不自覺地

浮現出一段回憶，那就是我小時候曾經短暫住過一家山上的寺廟。那裡非常幽靜，幾乎沒有人會去拜訪，跟住持一起住在那裡的幾天，對我來說相當特別。媽媽把我託付給她相識多年的比丘尼，而我本來就常跟媽媽進出那家寺廟，山上就跟我的遊樂園沒兩樣，所以當時我並不覺得一個人待在山上很孤單，反而還很開心地送媽媽回去。

在我對於寺廟的印象中，有兩個畫面最清楚。一個是會從小泉裡跳上來的青蛙。那裡有一座小泉，會擋下山上流下的水，溪水旁有一道木門，只要打開木門，就會有青蛙伴隨著「嘎」的開門聲跳出來。第一次看到青蛙的時候，我嚇了一大跳，後來就覺得很好玩，常常去開那扇門。現在當我生活中感到筋疲力盡時，腦海裡就會浮現出那段回憶。因為青蛙突然跳出來的那種驚人彈力，還有泉水附近的涼爽空氣都帶給人一種愉悅的緊張感。

另一個畫面是比丘尼身上涼涼的袈裟劃過我臉頰的感受。在極為安靜的深山裡，到了晚上只能仰賴燭光，這段黑暗的時間都讓我有點害怕。點燃蠟燭後，我就在那燭光下躺著等待入睡。我卻總覺得在燭光沒有照到的地方好像會有什

東西跳出來。為了忘記那恐懼，我想盡辦法專注聆聽木魚聲，比丘尼晚上敲木魚傳來的叩叩聲，還有不時被風吹響的風鈴聲音，兩者一點一點吞噬著黑暗，傳入腦中喚醒了我。

後來某個瞬間，木魚聲停下來，過沒多久我的房門就被打開了。夜風順著門縫悄悄飄送進來，比丘尼溫熱的手碰著我的額頭。我很喜歡那時袈裟輕輕劃過我的冰涼感覺。她確認我睡著之後就關上門離開了。偶爾在我感到非常緊張的時刻，我就會想到這段回憶。想到那時冰涼的袈裟和比丘尼溫熱的手，我的心就平靜下來了。

> 其實那並不特別，
> 只是一種經驗、回憶罷了。
> 但過往這些瑣碎的經驗，
> 現在帶給我的力量意外地龐大。

當時感受到的寧靜與平安、寂靜中噴發出的緊張感、伴隨著恐懼而來的對未知世界的悸動，還有因為冰涼而令人更印象深刻的溫暖，這些抓住我的「力量」，讓我現在不論面臨何種狀況都能毫不動搖。

我常常在想，這些畫面雖然是很久以前的記憶，卻能描繪出我現在的模樣。就像江水無法切斷一般，過去、現在和未來的時間就是這樣接連不斷地流動著。

「你在做什麼？你說要證明？有什麼好怕的？萬一你跪下來哭訴該怎麼辦？我的意思是，我不想被調查。」

「我和教授竟然會遇到這種時刻，太難過了。」

「……這是要怪誰啊？」

（zinu 和 tester_103 結為同盟）

「教授以後就跟我的命運一樣了，因為我們是同盟。我們會一起死、一起活，一起走到最後。」

—— 〈阿爾罕布拉宮的回憶｜알함브라궁전의추억〉，2018

《阿爾罕布拉宮的回憶》是韓國 tvN 電視台於 2018 年 12 月 1 日起播出的連續劇，由朴信惠與玄彬主演。故事架構在一套價值連城的 AR（擴增實境）遊戲上，背景設定在西班牙南部古城格拉納達所模擬出來的電子城市。玄彬飾演一位投資公司的社長，為了尋找該 AR 遊戲的創作者而來到西班牙，住進了朴信惠所經營的老舊旅館，兩人因此捲入了一連串的奇異事件。

我們會一起死、一起活，
因為我們是同盟

　　我的兒子嚴重沉迷電玩，到哪裡都帶著手機，看手機的
時間幾乎比看家人的時間還多。我開始擔心起一些未來很可
能會發生的事情，例如：因為孩子沉迷電玩而收到驚人的手
機費帳單；或是孩子不去上學、整天泡在網咖裡，這些常見
的社會新聞都讓我相當焦慮。聽到老婆說，「你越阻止他，
他反而會打得越兇。」所以我決定反其道而行，我要跟兒子
一起打電動。

　　我們一開始一起玩的遊戲叫做「部落衝突（Clash of
Clans）」，這款遊戲的目的是要打造出屬於自己的王國，過

程中要不斷地與其他用戶對決。遊戲非常有趣，不過我的目的並不是樂在其中，而是要找機會跟兒子講話。還好最近的遊戲不只能組織「部落」，還有即時聊天室。我和兒子組織起一個部落後就更常對話了，話題當然還是圍繞在遊戲上，我們都在聊怎麼樣可以打得更好。

在「部落衝突：皇室戰爭（Clash Royale）」這款大戰遊戲釋出時，我們就開始交換遊戲身分，也常常在同一個部落裡組成一隊，跟其他隊二打二。之後我也跟兒子一起玩像「荒野亂鬥（Brawl Stars）」、「傳說對決（Arena of Valor）」各種多樣化的遊戲。「傳說對決」是五人一組，五比五的遊戲。過程中必須瞭解團隊裡每個角色所擁有的不同能力值，妥善分工才能獲勝。

不過，因為我不太熟悉手機遊戲的操作，所以其他隊伍的人常常留言罵我。每次被罵的時候，跟我一起玩的兒子都安慰我說：「爸爸，常常被罵的話，就會像長了繭一樣變得更強。」

之前偶爾在幫學校家長演講時，都會被問到要怎麼面對

沉迷電玩的小孩。其實在我跟兒子一起打電玩之前，聽到這樣的問題也不知道該怎麼回答。**不過，試著跟兒子一起打電玩之後，我才瞭解到，正因為沒有嘗試過，父母的茫然不安和煩惱才會更大。**只要你試著去打電玩，就能知道孩子為什麼會沉迷，因為連我也深陷其中。所以現在我被問到這個問題，之後都會反問：「您是否有跟孩子一起玩過電玩呢？」

有一天，兒子的朋友請求加入我們的部落，兒子答應後，我便讓他加入，朋友進入聊天室後都會跟我打招呼。後來我跟兒子的朋友一起打電動時，可以自然地聊到各種內容的話題。我偷偷地問，兒子在學校有沒有認真念書、在學校有沒有遇到什麼問題。他回答說，兒子在學校過得還不錯，這讓我的心情好得不得了。

後來某天發生了一件很有趣的事情。兒子朋友的爸爸也加入了這個部落，那位爸爸的級數竟然是遊戲之中最高的。聽說他在高陽市金融界擔任分行行長，我很好奇他怎麼玩可以玩到這麼厲害，於是我開始請教那位爸爸關於打電玩的技巧。後來我甚至提議：「有時間的話，要不要出來喝一杯啤酒？」於是，我們就約出來見面了。

在社區啤酒屋遇到的爸爸們通常都會聊：「最近我的小孩一直沉迷電玩，完蛋了。」但那天我們一直在聊電玩，聊了將近兩個小時。當天我喝醉酒回家時明白了，我也漸漸沉迷在電腦遊戲的世界裡了。

〈阿爾罕布拉宮的回憶〉這部以遊戲為素材的電視劇剛上映的時候，兒子說，那個世界靈感是來自於「寶可夢」的遊戲。我們聊到電視劇裡的擴增實境要如何活用在現在的遊戲和各種領域。電視劇裡的主角劉鎮宇（玄彬 飾）無法逃離遊戲，在現實生活中一直被非玩家角色NPC（Non Player Character）攻擊，沒有經歷過這種狀況的其他人，全部把劉鎮宇當成瘋子看待。劉鎮宇經營的電玩公司投資人朋友的爸爸車炳俊（金義聖 飾）也不相信他，所以劉鎮宇為了證明這點，索性把車炳俊拉進他的同盟。於是發生在劉鎮宇身上的事，也同樣發生在車炳俊身上。

> **在這世界上，
> 有些事必須是同盟才能理解的。**

如果沒有進入陌生的地帶，就無法理解生活在那裡的兒

子，在陌生地帶之外觀看時感受到的茫然不安，就會演變成不諒解與厭惡。所以**如果想要建構起良好的互動關係，就必須是同盟才行**，不能光是在外面踱步擔心。而你應該也明白，這並不只是單純在講電腦遊戲。

那句話就是個離別通知，但我當時無法相信也無法接受。更無法理解的是，那位「命中注定的男人」是個年紀幾乎可以當她爸爸的中年男子。她很自然地告訴我，她深愛著那位在國外開公司的他。也許對她而言，這是再自然不過的事，但對我而言是非常奇怪的事情。當時我不知道，原來愛情可以說變就變。

Part 3.

當時我不知道，
原來愛情可以說變就變。

「對了！我婆婆在我吃飯的時候甚至會把我的碗搶走，拿去給狗吃。這故事也要寫進去。」

「唉唷！這根本是狗血劇、狗血劇。阿姨們講的全都是狗血劇。」

「人生就是一齣狗血劇啊！」

「希望我小說裡的長輩可愛一點就好了。這樣小孩子讀起來也很輕鬆，多好啊？我幹嘛要寫這種亂七八糟的故事？聽阿姨們一直怨嘆身世，這些像黑暗童話的人生，懊悔、悲傷、悽慘、讓人心痛的故事，我實在是聽不下去了。一點都不有趣。」

「這些才是真實啊！因為，這些就是我們老年的生活。」

—— 〈我親愛的朋友們｜디어마이프렌즈〉，2016

《我親愛的朋友們》是韓國 tvN 電視台於 2016 年 5 月 13 日起播出的連續劇，由高賢廷、高斗心、金惠子、羅文姬以及朴元淑等人主演，集合多位演技精湛的資深演員共同擔綱演出。本劇講述一群好友透過愛與家庭重新發現自我的故事，以老齡人生的故事作為題材，是韓劇中少見的寫實喜劇。

人生沒這麼美麗，
你要自己去尋找意義

「我是你媽媽！」

不知道從什麼時候開始，這句話成為了韓國狗血劇的代表性台詞。曾經有一段時間，如果想提高連續劇的收視率，劇情裡一定要包含「身世祕密」，這就像一個公式一樣。而且，「其實我是○○」這種跟出身有關的故事，原本是帶有衝擊性且讓人感動流淚的劇情，如今卻漸漸被醜化，現在已經成為韓國搞笑綜藝節目裡面的常用素材。此外，狗血劇裡面也很常出現另一句台詞：「就憑你這樣的東西！」這句經典台詞，最常被富二代主角的父母用來取笑子女配偶的家庭

背景。

以「其實我是你媽媽」為首的「其實我是○○」等身世祕密，就是這些電視劇被稱為「狗血劇」的原因：太多莫名其妙的偶然。這種事情真的有可能會發生嗎？可能性幾乎是零。此外，會說出「就憑你這樣的東西！」的角色也總是讓觀眾氣到牙癢癢的。這些劇情之所以會被說「灑狗血」，就是因為大家厭惡這種角色沒有常識、沒有倫理、沒有道德。總而言之，把我們生活中絕對不想面對的那些時刻當成老套劇情使用的電視劇，我們都會稱之為「狗血劇」。

仔細想想，透過生活中的經驗，每個人都知道，人生不可能那麼符合邏輯也不會有那麼多偶然。**並不是每個老實又努力的人都能成功，男女間愛情的結局也是悲傷比歡喜更多。**我們那麼討厭仗勢欺人的行為，在社會上也到處都能遇到。雖然的確有些父母會為子女犧牲奉獻，但並不是全天下的父母都會這麼做。相較於幸福和睦的家庭，家人間爭執不休的家庭又有多少呢？

全韓國現在因新冠肺炎而進入緊急狀態，我有一位大學

同學的老家就在疫情嚴重的大邱，他因為太擔心媽媽，就帶媽媽來首爾跟自己住。他在群組提到這件事情時，朋友們都接連稱讚他：「真是孝順啊！」不過那位同學的回答才是經典。因為他沒有結婚，所以平常都是自己一個人住，在跟媽媽一起住將近一個月的時間裡，他說簡直是活受罪。

他還特別對其他已經結婚、正在養家的朋友說：「我非常敬佩你們。」擔心媽媽的健康而選擇跟媽媽一起住，但是當母子同在一個屋簷下時，就會產生各種衝突。跟家人團圓的生活聽起來不是溫馨嗎？當然很溫馨，但事實並非一定是如此。

我的母親偶爾小酌一杯後，會娓娓道來自己不太常講的年輕時故事。當時能餬口是最重要的，所以媽媽去幫忙某個阿姨在東大門開的服飾店。有一次，阿姨跟媽媽發牢騷，說某位客戶買衣服時常賒帳，沒想到後來公司倒閉，阿姨的錢再也拿不回來了。媽媽聽到這件事後就跑到那個老闆的家裡理論，最後還真的把錢要回來了。當時媽媽笑著說這段故事時，也說自己當時真不懂事。不過現在想想，我覺得她年輕時真的吃了不少苦。

在〈我親愛的朋友〉裡，朴莞（高賢廷 飾）想要寫下上了年紀的阿姨們的故事後出版，所以大家聚在一起。不過，當阿姨們說出各種故事時，她卻生氣地說為什麼自己要寫這種故事。我在這個情境中，感受到某種在「真實生活」和「虛擬故事」之間的差異。那時阿姨們異口同聲地對嘀嘀咕咕的朴莞說：**「人生就是狗血劇啊！」**我對這一幕的印象非常深刻。如果仔細探究人生，會知道人生的過程根本不美麗，反而就像看到激烈的「愛情與戰爭[12]」一樣。

儘管如此，之所以會說出「人生很美麗」，也許就是**因為在過了很長的一段時間後，想盡辦法以美好的回憶包裝那些激烈的生活，努力用各種偶然來欣賞人生的關係吧？**這種有意識地努力，換句話說就是「藝術」。雖然真實的生活沒什麼意義，前後也沒有展開什麼灑狗血的劇情，卻因為有意識地努力將劇情連結起來，尋找轉折和起伏，人生才變得如此美麗。

---

[12] 編按：《愛情與戰爭》為一齣 2008 年播出的韓劇。故事描述一對結婚九年的夫婦，丈夫一邊向妻子說著甜蜜的承諾，一邊卻偷偷地出軌。妻子偶然得知丈夫背叛自己後，決心要向老公報復，展開了與 11 個男人之間的不倫戀。

「在你淋雨回家的夜晚，成為你的雨傘是指什麼呢？當你呼喚時就會回應你的聲音，在同一時間看著同樣的東西的回憶，第一次搭配彼此的步伐行走的瞬間。你會想到誰呢？沒錯，就是那個人。我們來欣賞第一首歌。」

—— 〈孤單又燦爛的神—鬼怪 | 쓸쓸하고찬란하신도깨비〉，2016

《孤單又燦爛的神－鬼怪》是韓國 tvN 電視台於 2016 年 12 月 2 日起播出的連續劇，由孔劉、李棟旭、金高銀以及劉寅娜等人主演。內容講述一名 939 歲的高麗國將軍，為了破除長生不死的詛咒，不斷尋找能讓自己結束永生的「鬼怪新娘」。

Story 19.

| 孤單又燦爛的神—鬼怪 |

其實世界一直在下雨，
只是有人為你默默撐著傘

　　小時候我以為到了吃飯時間，飯菜就會自動擺滿桌，總是覺得每天早上叫我吃飯的媽媽很嘮叨。甚至厭煩地說，吃飯就會遲到，從來不知反省是因為自己晚起。

　　我也以為只要我有需要，衣服隨時都會準備好。那時父母經營進口服飾店，所以我每天要穿的衣服都是掛好的，樣式也很符合當時的流行。父母每天清晨去首爾的平和市場[13]批發衣服來零售，我當時住在名為安城的鄉下地方，鄉下的孩子哪會懂得什麼是「流行」？但在小時候的黑白照片裡，稚嫩的我穿著別有美國警長別針的背心和牛仔褲，一眼就能

| [13] 編按：平和市場位於首爾的東大門一帶，是歷史悠久的服飾批發市場。

看出身上的衣服樣式和其他小孩的不同。然而，每當媽媽說要幫我買新衣服時，我還會不耐煩地拒絕她。

國小三年級放寒假的時候，我來到首爾念書，第一次住的地方是光化門。搬家搬過十幾次後，買下了一棟江南的房子。那時根本沒想到之後江南的地價會漲到這麼高，所以我在結婚前都沒有擔心過房子的問題，因為爸爸說會讓我繼承那間房子。

其實我到大學畢業之前，家裡雖然有幾次比較艱困的時期，但基本上生活都不成問題。至少我從來沒有挨餓過，身

上穿的衣服也不會讓人指指點點；住的房子雖然算不上豪華，但總是很溫暖。再加上我是老么，所以在家境最艱難的時候，哥哥和姐姐都幫我擋了下來。

到了要結婚的時候，家裡環境變得非常不好，雖然父母已經答應會給我江南的房子當成新房，但我還是沒辦法讓他們這麼做。結果我把房子賣掉，把那筆錢交給父母，自己租了一間小房子。俗話說，年輕時要吃點苦，當時雖然很辛苦，但跟心愛的老婆在一起，這些都可以忍耐。我說要靠寫作維生，所以老婆就全職上班支持我；事實上，我太太的夢想也是成為作家。

我當時以為世界上所有事情都會自然而然進行，但是從孩子出生後才領悟到並非如此。不是什麼都不做就會有飯吃、有衣服穿、有房子住。必須一大早起床拖著疲憊的身體做飯，如果要有溫暖的衣服就要賺錢，也要為了買房子而背上幾十年的房貸。過去的我不明白，但這個世界一直在下雨，而我身邊的人一直在為我撐著傘。

　　〈孤單又燦爛的神〉裡的鬼神金信（孔劉 飾）遇到鬼怪新娘池恩倬（金高銀 飾）時，那天天空正下著雨。在慢動作播放兩人擦肩而過的畫面中，金信停下腳步，回頭望著在雨中沒有撐傘行走的池恩倬。今後他將成為為池恩倬擋雨的雨傘，就像命中注定的一樣。

　　在某個下雨天，老婆打給我說孩子出門忘記帶傘，於是我上完課後拿著雨傘跑到孩子的學校。拿著雨傘走到學校時，突然想到我的媽媽也曾經為我這麼做過。那樣的心意真的難以言喻，因為擔心孩子會淋到雨而匆匆忙忙地拿雨傘跑過去，祈禱時間能暫停一下。

　　現在你的生活是否過得很舒服，有沒有什麼不方便呢？

如果你說不上有什麼不順心的話，那很可能是因為你身邊一直有人正為你撐著傘。

「一切的開始都是因為一頓飯。就只是很常見、沒什麼特別意義的一頓飯。稱不上是款待，只是善意的接待，之後也可以輪流請客。我那天只是沒有付酒錢而已。正是因為那一頓飯、一杯酒的人情，讓我難以斷然拒絕下次的邀約。

問候發展成人情，又發展成人脈。雖然在我地位不高時，人脈就是力量，但不知不覺間卻變成我的把柄，如果更往上爬，就會變成羞恥。應該要在第一步、最一開始就抽身，如果最後才想要抽身就得要付出代價。話雖如此，就算是這樣我也是欣然接受。」

—— 〈祕密森林｜비밀의숲〉，2017

《祕密森林》是韓國 tvN 電視台於 2017 年 6 月 10 日起播出的連續劇，由曹承佑、裴斗娜、李浚赫以及劉在明等人主演，2020 年 8 月 15 日推出了第二季。男主角是一位檢察官，因為兒時動過腦部手術而失去情感功能，女主角則是一位為求真相及正義奮不顧身的重案組刑警，故事講述兩人一同揭開檢察廳的內部祕密，捕捉真正罪犯的故事。

過去你所做的每一個選擇，
都會成就現在的你

　　腳後跟撐地、頭埋入兩隻手臂中間、肩膀往下壓，盡量讓耳根貼近地面、屁股往天上推高，這姿勢就是瑜伽中的「下犬式」。

　　這個名稱的由來，就是因為跟狗狗伸懶腰的樣子很像。瑜伽老師常常教我們做這個基本動作，因為「下犬式」能讓身體後側無限延伸，跟我們平常做的動作相反，有助於矯正姿勢。瑜伽老師說，如果每次做這個動作時都會不舒服，是我們的身體在告訴我們平常有多麼錯誤地使用身體。為了要讓身體恢復，才要我們做這個往後仰的動作。

對於一個大男人來說，去社區地下室的交誼廳上瑜伽課也是需要勇氣的。不知道為什麼，但來上瑜伽課的男性連一個都沒有。身為瑜伽班二十個名額裡的唯一大叔，要參加真的需要很大的決心。儘管如此，會從觀望到加入瑜伽班，就是因為我的身體開始出現一些不舒服的症狀。

不知道是不是因為上了年紀的關係，身體狀況已經大不如前了。常常莫名地水腫、變胖，加上長期坐在書桌前看電腦、打文章，所以除了烏龜脖之外，我還有圓肩的毛病，有時光是站著就會全身痠痛。就像瑜伽老師說的，為了改善我錯誤使用身體的毛病，我只好稍微忍受丟臉和疼痛。

雖然名稱是「下犬式」，但我覺得這好像是一種受罰的姿勢，跟我在學生時期或是當兵時做的「前趴」很像。所以雖然瑜伽老師說是下犬式，我跟我老婆說這是「受懲罰的姿勢」。每次上瑜伽課前，我都會跟老婆說：「我要去接受懲罰了。」雖然是半開玩笑講的，但練瑜伽練到後來，我漸漸體會到我犯下的罪狀是什麼了。

這就是平常我對自己身體犯下的罪狀：每週以社交為理

由，狂喝好幾次的酒；一天內見幾次朋友，就豪飲幾次咖啡。一整天都以工作為藉口坐在書桌前面，寫文章寫到肩膀痠痛無力，也懶得運動。**我很清楚我對自己身體犯下的罪狀，所以應該要受罰。**

在做下犬式時，我腦中會在瞬間閃過許多想法。雖然我不覺得自己是犯了什麼滔天大罪，但是就像我長時間錯誤地使用身體一般，我是不是也在不知不覺中，在經營人際關係時犯了什麼錯呢？

我的工作是閱讀無數個作品，然後分析並評論，在這個過程中會遇到很多人。我會跟他們一起喝茶、吃飯、喝酒。儘管我覺得這只不過是為了維持人脈，不需要有負擔，但是每當我寫文章時，都會感受到跟他們一起喝的茶、喝過的酒還有吃過的飯，這些情緒會持續堆積在我的胸口。

雖然我可以很自豪地說，一直以來我寫的評論都盡可能保持中庸，跟這些人情毫無關係，但也許從某個角度來看，那些茶、酒和飯，都在我沒意識到的時候影響了我。

在〈祕密森林〉裡，西部地方檢察廳次長檢事李彰俊（劉在明 飾）挺身而出推動檢察改革，他瞭解檢方的貪汙是從非常不起眼的一頓飯局開始的。他要說的是，人們常掛在嘴邊的「我們什麼時候一起吃飯？」或是「我們一起去喝一杯！」這些話，都會成為人情、成為人脈。**不過當那人開始擁有某種地位，因為一頓飯局而開始的人情或人脈，反而會突然變成弱點和羞恥。**雖然他在談論檢察的貪汙腐敗是如何產生的，但我聽到這段話的瞬間，覺得我們社會運作的原理也是如此。

是過去的我造就了現在的我。那時我做的某個選擇、度過的某種生活造就了現在的我。所以現在如果我身上某處歪掉或是不舒服，終究是因為過去的行為。當然不一定要說這是一種犯罪，但的確是當時的某個選擇導致現在的我不舒服。

不舒服或疼痛，都是身體給我的一種訊號，一種阻止我繼續傷害自己的警告訊號。萬一我否認或是忽略這訊號，以後就可能會面臨到無法挽回的結果。

在做下犬式的時候，我痛到想要放棄。不過我把這痛苦當成是我過去行為應得的懲罰，然後繼續忍耐著。因為接受這懲罰能矯正我已經歪斜的身體。也許，我們的生活也需要好好練習下犬式。

「不要活得像我一樣。」

——〈三流之路｜쌈,마이웨이〉,2017

《三流之路》是韓國 KBS2 電視台於 2017 年 5 月
22 日起播出的連續劇,由朴敘俊、金智媛、安宰弘
以及宋昰昀等人主演。本劇主要刻畫幾個沒錢、沒
家世、沒背景的三流小人物,雖然懷抱著夢想卻不
停地被現實打敗,最後終於戰勝挫折與束縛,攜手
迎向康莊大道的故事。

Story 21.
| 三流之路 |

就算是「土湯匙」，
也要堂堂正正走出自己的路

　　年輕的時候曾經跟一位所謂的「金湯匙」朋友很要好。他家住在清潭洞[14]豪宅，屋裡屋外極盡奢華氣派。他的父母都是教授，從小就出國留學，上大學後出門總是開著一輛人人稱羨的名車。當時我很羨慕他，想著為什麼我沒辦法像他一樣？為什麼我不能像他一樣，一出生就什麼都有？

　　我小時候住在鄉下，父母一起經營一間女性服飾店。爸爸每天清晨都搭公車去東大門的市場批發衣服。因為衣服太多，回來的時候沒辦法搭計程車，只好把衣服背在背上走回來，有一次在回程時偶然間看到認識的朋友從對面走來，但

---

[14] 編按：清潭洞位在江南區的北邊，該區有許多高級住宅大樓，同時也是韓國大型娛樂公司及大牌藝人喜歡住的地方，類似於台北信義區。

是那朋友看到爸爸卻假裝不認識，而是直接走掉。可能是因為覺得背著一大堆衣服的爸爸很丟臉。爸爸說：「那時我咬緊牙關，下定決心要更努力生活。」聽著為家人犧牲奉獻的爸爸說著心酸往事，我的心也跟著揪在一起，也對於羨慕同學的自己感到丟臉。

在看〈三流之路〉時，突然想到爸爸。劇中主角高東萬（朴敘俊 飾）看到爸爸高炯植（孫炳昊 飾）孤單的背影時紅了眼眶。高炯植是時下年輕世代最討厭的父親類型，動不動就會跟後輩說：「想當年我啊⋯⋯」的那種爸爸。「想當年我啊，在你躺在床上發懶的時間，我都在工地努力工作，哪怕只是多搬一塊磚頭也好⋯⋯」。

高東萬非常討厭這樣的爸爸，說出了一句句都刺到爸爸心坎裡的話：「雖然爸爸每天這麼努力，一點都不懶惰，但是你一次都沒有幫我繳過學費，你一次都沒有幫我付過房租。還叫我不要活得像你一樣！」爸爸說：「就算是這樣，我也是使出吃奶的力氣來照顧我的老婆小孩。」

身為不折不扣的「土湯匙」，爸爸心裡也明白，即使用

盡全力、老老實實地過日子，生活依然絲毫沒有改變，東萬的話終究是觸動了爸爸心底最痛的部分。「當時我也曾經想過，我是不是該那樣使出吃奶的力氣，再養出一個像我一樣的傢伙？我怕他將來會埋怨我。」這時，爸爸的肩膀已經垂下來了。

「冰箱裡有很多塑膠袋裝的東西」、「經常在肉類料理中加湯水」，「父母常嘮叨說不要留剩菜」，這些是在韓國網路曾經瘋傳的「土湯匙賓果遊戲[15]」中的項目。如果符合的項目越多，表示越接近土湯匙，超過十個項目的就是「社會底層」。一開始我只是當成玩笑話，但仔細思考一陣子後，發現我幾乎符合每一個項目，瞬間感到自己很孤單。這遊戲意味著人的生活取決於父母的財力有多雄厚，並在此前提之下，將人分為金湯匙、銀湯匙、銅湯匙和土湯匙，甚至有些人說自己連支湯匙都沒有。

根據湯匙區分階級的「湯匙階級論」，源自於「含著銀湯匙出生（born with a silver spoon in one's mouth）」的英文諺語，這句話源自於以前歐洲貴族用銀湯匙舀奶水餵新生兒吃的風俗習慣。穿越時空到了現在，我們生活的這塊土地上

---

[15] 編按：韓國年輕世代網友製作出一款賓果遊戲，將社會階級分成金湯匙、銀湯匙、銅湯匙以及土湯匙階級，諷刺韓國越來越貧富不均的現象。

突然又出現了「湯匙階級論」，正是因為現實社會中階級流動的梯子已經斷裂，父母的財富決定著我們的生活。有些人遇到有錢的父母，得到令人稱羨的教育，一代接著一代在社會上找到好的位置；相反地，也有人遇到貧窮的父母，在出社會前已經四處打工，消耗了自己的青春。

不過，難道爸爸想要生在這種家庭嗎？爸爸難道是心甘情願背著那些衣服嗎？高東萬的父親高炯植原來的夢想是成為飛行員，卻因為沒錢就讀空軍士官學校而被迫放棄。這樣的父親說：「現在，你們就是我的夢想。」我想，世界上大部分的父母應該都是這麼看待自己的孩子吧！

高炯植對兒子說：「不要活得像我一樣。」「我仔細想想，如果你活得像我一樣，你應該會討厭我。我呀，雖然現在不能當飛行員了，但你不是還可以闖一闖嗎？」還有，不曉得是不是因為被兒子說是土湯匙、不甘示弱的關係，高炯植又補上了一句虛張聲勢的話。「你不是土湯匙。爸爸以後還會再幹二十年。爸爸可以當你的靠山，你就出去飛看看。」

爸爸對兒子說：「不要活得像我一樣。」這句話的背

後，蘊含著多麼複雜的心情呢？裡面包含著他否定自己現在的生活，也包含著愛兒子的心，希望自己的兒子不要重複過著跟自己一樣的生活。這世上沒有一句話，會比爸爸對兒子說出「不要活得像我一樣」更令人心痛又難過的了。

不知何時，子女成為了自己的夢想。對這樣一位父親來說，子女能做什麼呢？孩子出人頭地當然對他們自身來說很重要，但對爸爸而言也很重要。根據湯匙來劃分階級、界定一輩子的生活，對於這種社會文化不應該是去默默接受、然後悲觀地放棄，而是應該要抬頭挺胸地表現出——雖然不知道與生俱來的階級會不會造成生活上的差異，但人生的幸福與否並不會取決於此。

所以當父母說出「不要活得像我一樣」，然後把土湯匙的生活當作一種滔天大罪的時候，我想要帶著他們給我的土湯匙，走到他們面前大喊：「土湯匙又如何！」就算是「三流」，我也要堂堂正正地走出「我自己的路」。

「我在說的是芝加哥打字機啦！你的連載小說！不管是要愛情、奇幻、暴力、武打，風格都要明顯一點。如果錯過時機就沒救了，只能說是敲邊鼓。老實說，你這次的小說太單調了。所以最近才會看到讀者留言說什麼結構鬆散、過時，太民族主義了嘛！」

「哥！這次小說我想繼續按照我的想法寫下去。」

「寫啊！哪次不是按照你的想法寫的？一直以來都是按照你的信念、不看文壇的臉色，寫些大眾想看的東西嘛！」

「所以我一直在看大眾的臉色啊！我一直把他們想要的放在我想寫的前面。」

「那是當然的啊！他們是我們的金主耶！」

「我之前跟你說，我不知道要寫什麼、為什麼要寫，但是我找到了。好不容易才找到。我就想寫那個。」

「所以你的意思是，你要寫一本賣不出去的書嗎？」

「當然我會盡我所能去努力，但如果大家不買單，我也心甘情願。」

—— 〈芝加哥打字機｜시카고타자기〉，2017

《芝加哥打字機》是韓國 tvN 電視台於 2017 年 4 月 7 日起播出的連續劇，由劉亞仁、林秀晶以及高庚杓等人主演。故事從一位世界知名的小說家偶然看見一台可疑的古董打字機展開序幕，劇中藉由這台打字機建構出兩個時空，交錯的劇情線建構出一個穿越時空的浪漫奇幻劇。

當興趣變成工作，
興趣就會變得不那麼有趣

在韓國，國文系常被戲稱為「飢餓系[16]」，即使如此，我還是堅持要讀國文系。之所以會有這個堅持，只是因為我想要寫作。不過就在我寫詩、寫小說寫著寫著的過程中，不知不覺間大學生活就結束了，同時我的文青生活也受到了威脅。每當聽到曾經一起寫作的朋友一一找到工作的消息，內心就會動搖。

所以我開始去找任何跟寫作有關的「能賺錢的工作」。九〇年代後期進入網路時代，大家都說現在早已經是「影像時代」了，這樣的改變徹底翻轉了一直以來都以文字工作維

| [16] 譯註：韓文裡的「國文科」，讀音近似於「飢餓科」。

生的我。在這種情況下，我帶著有點不安又期待的心情報名了電影劇本補習班。但是就算我已經練習寫電影劇本寫了好幾部，還是沒有一部能順利被拍成電影。我在我租的半地下室裡，每天輪流寫電影劇本和小說，我的作品多到就像於灰缸裡堆疊到滿出來的菸頭一樣，然後每天將作品寄到各大文學獎比賽。不過，**我屢屢在各種徵文比賽中落選，我漸漸感到自己好像沒有寫作天分。**

　　我在劇本補習班裡認識了老婆。她是其他學校的國文系學生，帶著跟我一樣的不安來上補習班。可能是因為那份不安得到了共鳴，我們很快就拉近距離、開始交往，甚至決定要結婚。然而想要結婚，最起碼要有一份有固定收入的正當工作，當時剛好看到韓國燒酒公司「真露」的徵人廣告，於是我就去應徵。還好競爭者不多，加上我以很會喝酒為理由（我在大學裡學到的就是喝酒），於是順利應徵上這份工作，然後跟老婆結婚了。

　　我在真露的行銷部門開始了所謂的寫稿生活，我負責撰寫要刊登在報紙上的文章，也常去各地採訪，而且每一項工作都有「截稿日」。不過，大部分的工作都是喝酒。就連

下班後也必須去業務員指定的餐廳，喊上好幾次「我要真露！」才能回家。後來韓國爆發金融危機，我只好辦理非自願離職，之後也輾轉去了好幾家不同的公司，最後才開始做現今撰寫關於大眾文化的工作。剛開始並沒有收到很多邀稿，只得仰賴老婆上班賺錢養我。後來在邀稿逐漸增加後，開始在感受到截稿日壓力的情況下寫作，就這樣寫了將近二十年的時間。

在看〈芝加哥打字機〉時，彷彿聽到我以前用那台馬拉松機械打字機時發出的輕快打字聲。順帶一提，美國著名的「湯姆森衝鋒槍」，其別稱也是「芝加哥打字機」。對於因為就讀「飢餓系」而擔心畢業後會餓死的我，〈芝加哥打字機〉中的暢銷小說家韓世宙（劉亞仁 飾）對我來說，就像是一個傳奇。以前每次聽到關於像村上春樹這種成功小說家的事蹟，我都十分嚮往「想寫什麼就寫什麼」的境界，那樣的生活真是太美好了。

不過，看到這部電視劇才知道，韓世宙也不是能隨心所欲、想寫什麼就寫什麼的作家，反而會因為有了名氣而不得不意識到大眾的目光。不管是小說、劇本還是各種邀稿，只

要是商業用的文章，都很難不去顧忌市場反應，這點是我過了好長一段時間才明白的。不過，即使如此，「想寫的文章」跟「必須寫的文章」還是有很大的差距。我常常想著，如果寫作能跳脫工作的限制該有多好啊？

以旅遊為業的朋友能拜訪號稱全世界最棒的景點，我們都很羨慕他，但他說過這份工作是件苦差事。**看來不管是什麼事情，只要變成了「工作」就會令人無可奈何。**雖然寫能賺錢的文章可以讓人溫飽，但有時候寫不賺錢的文章，更會讓我怦然心動。

很久很久以後，我回到故鄉老家，在倉庫裡發現一台老舊的打字機，就是我以前用過的馬拉松機械打字機。我帶回來之後把它放在我書桌的一角，好像只要夾入一張 A4 紙，現在還是可以用它打出字來。我感受到一股不知名的悸動，彷彿是距離現在很久遠以前的，在大學裡讀「飢餓系」那時候的感覺。總覺得現在的生活好像少了一些什麼，從前的我就算餓肚子，也像芝加哥打字機一樣沒日沒夜地寫作，不在意他人的眼光。

我想，我應該偶爾要用這台打字機來寫文章，寫些不會賺錢的文章，找回那令人怦然心動的時光。

「愛情，我懂啊！但現在你對我的情感只是執著。愛情說穿了非常簡單，對方一旦說結束就結束了。要不喜歡你的人愛你就是執著。愛情不是交易，所以沒有所謂的背叛。你一個人堅持的固執不會變成愛情。」

「你就那麼喜歡小英嗎？愛到讓你像這樣付出性命？」

「我總是記得人生只有一回，所以覺得現在還不算不好。」

「她是因為你是她哥哥才喜歡你的。如果你不是她哥哥，你們的關係就會立刻結束。」

「我知道。時機成熟的時候，我會心甘情願地離開。」

—— 〈那年冬天風在吹｜그겨울바람이분다〉，2013

《那年冬天風在吹》是韓國 SBS 電視台於 2013 年 2 月 13 日起播出的連續劇，由趙寅成和宋慧喬主演。本劇改編自日劇《不需要愛情的夏天》，內容講述一個精明的賭徒負債數十億，想要誘騙一位幾乎失明的大企業繼承人吳英賺取 78 億韓圜，之後兩人一起從生活中找回希望與愛情的傳統愛情劇。

Story 23.
| 那年冬天風在吹 |

說好要一起到永遠，
怎麼走著走著就散了

　　那年冬天的風吹得特別強。走在新村[17]的路上，雖然到處瀰漫著聖誕節氣氛，但我的心情很憂鬱。剛好街道上傳來歌手金健模[18]的《藉口》，歌詞裡面唱著：

> 「現在你也正拿一個我無法理解的說詞當藉口。不要跟我找藉口。你換個立場思考看看。現在你是我的話，你笑得出來嗎？」

---

[17] 編按：新村是首爾的一處鬧區，附近有多所知名大學，是年輕人經常聚集的場所。

[18] 編按：韓國男歌手。他在 1995 年發行的專輯《錯誤的相遇》，銷售量達到 286 萬張，曾為韓國歷代專輯銷量之首，後來在 2019 年 5 月被 BTS 防彈少年團打破紀錄。

我從來沒想過，平常耳熟能詳的流行歌，那幾句簡單的歌詞也會如此深深擊中我的心。這讓我想起我曾經認識一個女孩。

　　那個女孩從小就移民到夏威夷，媽媽開美容院，在當地受到很嚴重的種族歧視。也許是因為移民生活不容易，感覺她的臉上總是有一層陰影。她是交換學生，我們是在偶然間認識的，後來在新村附近的咖啡廳跟她喝酒，我們很快就拉近了距離。我當時想著，在秋天認識她之後，應該可以跟她一起過聖誕節，不過這只是我單方面的想法。

　　也許是因為長期待在外地的關係，她就像一陣風一樣，是個自由的靈魂。某天她在咖啡廳跟我說，她遇到了「命中注定的白馬王子」。那句話就是個離別通知，但我當時無法相信也無法接受。更無法理解的是，那位「命中注定的男人」是個年紀幾乎可以當她爸爸的中年男子。她很自然地告訴我，她深愛著那位在國外開公司的他。也許對她而言，這是再自然不過的事，但對我而言是非常奇怪的事情。當時我不知道，原來愛情可以說變就變。

這件事說起來丟人，但當時的我相當不成熟，所以對她非常執著。在她的立場上看，說我是跟蹤狂也不為過。夜晚，我因為痛苦到無法入睡，於是像瘋子一樣在路上徘徊；我心痛到快要死掉，甚至拚命喝酒，決定要自殺。就算胃已經搞壞了，我心中的傷口依然沒有被治癒。**儘管我以為這痛苦不會有盡頭，但後來那傷口自然而然癒合了。果然，時間會治癒一切。**

現在回頭想想，我之所以會有這些脫軌的行為，也許是當時的我比起愛她，我更愛自己。我的執著並不是因為我太愛她，而是無法接受我一直以來的努力被拒絕。那時沒有戀愛經驗的我，分不清楚什麼是執著、什麼是愛。我太晚才體會到愛是會改變的，而且那樣改變的愛情不會再回來了。

> **在某種意義之下，
> 愛情並不是抓住，而是放手。**

後來我看到電影〈春逝 [19]〉裡，劉智泰反問堅持離開他的李英愛說：「愛情怎麼會說變就變呢？」我很能理解他的心情，我能感受他再怎麼樣都無法接受愛人變心的那種椎心

---

[19] 編按：〈春逝〉為韓國於 2001 上映的電影，描述兩人在冬天相識相戀，戀情在走過春天迎來夏季之時卻開始起了變化。

之痛。不過我也知道，就算再怎麼傷心欲絕，痛苦終究會隨著時間流逝而逐漸淡化，讓心變得更堅強。

　　愛情就像春天的風一樣，時而停留、時而流動，就如時間會流逝一般，愛情也會流逝。所以就請安放這份情感吧！畢竟你無法猜透他人的心思，怎麼可能保證對方一輩子不變心呢？不過，請別放棄期待，風會再次吹來，春天也會再次來訪的。就像風吹得特別強勁的冬天過後，春天會再次來訪一般。

愛情怎麼會說變就變呢？

「我只會講一次、只講這一次，所以你要仔細聽喔！

我喜歡你，不管你是男生還是外星人，現在我都不管。

我太難整理我的內心，所以我沒辦法了。

我們就這樣試試看吧！看看我們能走多久。」

── 〈咖啡王子一號店〔커피프린스 1 호점〕〉‧2007

《咖啡王子 1 號店》是韓國 MBC 電視台於 2007
年 7 月 2 日起播放的連續劇，由尹恩惠、孔劉、李
善均和蔡貞安等人主演。男主角開了一家名為「咖
啡王子」的咖啡店，店裡只招募年輕具魅力的「花
美男」；女主角為了貼補家計，女扮男裝成為咖啡
店員工。兩人在不知不覺中產生了愛情，是一齣經
典浪漫愛情喜劇。

Story 24.
| 咖啡王子一號店 |

不管你是男生還是外星人，
現在我都不管

　　「人應該要保持一貫。」目前為止，我遇到好幾位老師都這樣說。所謂的一貫，包括一貫的言語、一貫的態度和習慣，這些會造就一個人的「定位」。**我從小時候上首爾念書時就體認到，我們的社會會大大影響一個人的「定位」。**我的故鄉安城雖然在京畿道 [20]，卻離忠清道很近，所以我講的方言都會混雜著忠清道的方言 [21]，語速也偏慢。也許是因為受到這樣的影響，小時候我的暱稱就是「唉唷」，因為不管發生什麼事，我的發語詞都是「唉唷」，反應總是慢半拍。

---

[20] 編按：「道」是韓國的行政區劃分單位之一，概念類似於「省」。京畿道位於朝鮮半島中部，環繞著韓國首都首爾和仁川廣域市，東為江原道，南為忠清北道並和忠清南道接壤。

[21] 編按：韓國會根據不同的地理位置產生不同的語言文化，導致各地區方言的產生。忠清道方言的特色是語速較緩慢。

上首爾之後，我的定位就是鄉下來的土包子。在以「標準國語」和「方言」區分的世界裡，我像是標準外的某個存在。其他小孩會故意模仿我說話的語氣來嘲笑我，我每次說「唉唷」的時候都把他們逗得哈哈大笑。當時我覺得，好像乾脆我直接全部講方言還比較好，但我還是努力學首爾腔、盡量抹去方言的痕跡，連「唉唷」都不再說了。

　　上大學後，發現講方言的朋友非常多。其中來自陝川的同學口音太重，所以被稱為「慶尚道男子漢」。我跟他在一起的時候，我反而變成「道地的首爾人」。不過，也不會因為這樣，從前鄉音濃厚的土包子就完全消失，因為只要是跟家人在一起的時候，我們就像是被傳染一樣，全家人都會用忠清道的方式以緩慢的語速說話。

　　我們家跟大部分的韓國家庭一樣，基本上是以父權為主。「爸爸決定、媽媽照做」已經是司空見慣了，家務事則完全都是媽媽的責任。每當過年過節需要祭祖的時候，我們家常見的景象就是媽媽手上的工作都沒停過，爸爸卻總是慢吞吞的。不過在我結婚後，變成自己的老婆需要來我們家忙進忙出，我才實際感受到這並不是理所當然的。之所以到現

在會無條件接受父權至上的潛規則，全都是母親默默犧牲的關係。當我意識到自己的太太也正在經歷這不公平的待遇，就希望這個規矩能夠被打破。

所以我慢慢降低拜訪父母的次數，反而是增加邀請父母來我們家的次數。因為我必須先離開那個「父權至上」的空間，才能建構出新的關係。漸漸的，我觀察到父母某種程度上也能夠開始接受這個變化。媽媽全力支持老婆上班，彷彿透過老婆能滿足自己過去沒辦法做到的事，父母兩人之間也逐漸開始改變定位。

關於女權的經典著作《反挫：誰與女人為敵[22]》的作者蘇珊・法露迪，近期推出了《在暗房裡的男人[23]》一書，我在讀這本書的時候重新思考何謂「定位」。蘇珊・法露迪在書中談到爸爸史蒂芬・法露迪變化無常的生活。在故事裡，父親原本是典型父權至上的暴君，結果卻因婚姻不合而在離婚後離家出走，二十七年後她再次見到爸爸，爸爸竟然變成了名為「史蒂芬妮・法露迪」的女子，圍著紅色絲巾、踩著

---

[22] 編按：原版書名為《Blacklash》，繁體中文版由自立晚報出版社出版（1993 年）。
[23] 編按：原版書名為《In the Darkroom》，繁體中文版由網路與書出版（2017 年）。

高跟鞋。蘇珊‧法露迪的父親，一生就是「與個人定位鬥爭」的表率。因外在環境而持續改變的爸爸，藉由改名換姓彰顯出自己身分上的轉換。

她爸爸在 1928 年出生於匈牙利，是一名猶太人，本名是 István Friedman，為了躲避納粹對猶太人的大屠殺，他把一看就知道是猶太人的姓氏改為「法露迪」，好不容易存活下來逃到美國，又為了融入美國白人社會，而將名字改為「史蒂芬」。史蒂芬活到 2004 年，又變性成為「史蒂芬妮」，度過十一年的幸福生活後，在 2015 年結束他的一生。

史蒂芬‧法露迪的故事告訴我們，我們所瞭解的定位並非從一開始就被決定的。所謂的定位，任何時刻都可能會因為圍繞在我們身邊的空間、想法、政治體系等環境而改變。蘇珊‧法露迪提到，每個人都應該要提防所謂的「身分認同政治」，這是指政客會利用「定位」來劃分族群，藉此獲得選票。

> **如果用定位來劃分，
> 就一定會製造出對立。**

政治人物雖然能用這種方式取得選票，但我們的定位怎麼能如此單純地被區分呢？

「我只會講一次、只講這一次，所以你要仔細聽喔！我喜歡你，不管你是男生還是外星人，現在我都不管。我太難整理我的內心，所以我沒辦法了。我們就這樣試試看吧！看看我們能走多久。」〈咖啡王子一號店〉裡崔漢杰（孔劉飾）發現自己莫名被假裝是男生的女生高恩燦（尹恩惠 飾）吸引。漢杰一直想要告訴自己這樣是錯的，很想要否定自己這樣的想法，但最後他告白時，我也深受感動，漢杰的告白雖然是在談愛情，但也是跨越我們自己畫出定位的牆。

世界上真的有很多雙重標準，分男生和女生，分舊世代和新世代、歧視 LGBT 和殘障者。更進一步區分有錢人的區域、畢業學校，根據出身來劃分是同一陣線還是不同陣線。我什麼都沒做，別人卻一直強調我的定位，把我放在這裡、放在那裡。不過，究竟那樣的區分是正當、是可行的嗎？說到底，所謂的「定位」並不是固定的，而是會持續變動的。

「我二十幾歲的時候曾經很喜歡一首詩，詩裡面有提到一句話：『人的到來／是一個人的一生來到眼前／到來的是一顆／易碎　所以也可能是／早已經破碎的心』。其實喜歡那首詩的時候，不知道那是什麼意思。後來我知道那意義後，就無法再喜歡那首詩了。人生有很多東西是瞭解後就做不到的。所以我很羨慕你，因為不知道是好事，所以不用那麼擔心。」

「就算是以前看過的海，今天也是第一次看到這片海。就算是已經瞭解、已經做過的事，但那瞬間跟那個人一起都是第一次啊！就像我們的婚姻、就像在車站接吻一樣。我覺得在那瞬間過後的事情不是任何人的錯。事情就是變成那樣了。就像在那些人當中，某人走了，又或是某人破碎了，不過就是變成那樣了。所以世喜妳也不用太擔心，即使妳已經活過昨天，也無法知道今天的全部。」

—— 〈今生是第一次 | 이번 생은 처음이라〉，2017

《今生是第一次》是韓國 tvN 電視台於 2017 年 10 月 9 日起播出的連續劇，由李民基、庭沼珉和朴秉恩等人主演。男主角是一個背負房貸壓力的理工男，女主角是一個夢想擁有自己房子卻連工作都找不到的編劇助理，兩人陰錯陽差開始同居生活的浪漫愛情故事。

Story 25.

| 今生是第一次 |

即使已經活過昨天，
也無法知道今天的全部

　　去澳洲學英文的時候，是我第一次體驗國外生活。第一次搭飛機、第一次去機場。全家人對於我要跟他們分開一年感到依依不捨，所以在我出發前一天特別聚在一起，吃了一頓豐盛的晚餐，也說了幾句祝福的話。不過，隔天我並沒有成功出發。那時的韓國役男如果要出國，要去洞事務所[24]辦理兵役申報，到了機場時要繳交申報書，但是我完全忘記這件事了。當時我滿腦子都是離別的悲壯情懷，結果變成機場一日遊，在回程的車上我非常低落。

　　一週後完成兵役申報，再次來到機場，拿到登機證也託

---

[24] 編按：「洞」是韓國的行政機構單位，類似於台北市的「區」，洞事務所等同於「區公所」。

運行李，跟家人道別後，平安地搭上飛機。先前的緊張感都消失了，終於感覺到真的要出發了。不過，那天我還是沒有出發。因為機長食物中毒，所有的乘客只好下飛機，移動到航空公司提供的飯店。那天晚上我打電話給媽媽，她很驚訝會在飛行期間接到我的電話。「我現在人在飯店，因為機長食物中毒，所以航空公司說飛機明天才會起飛……」

在一番波折後，隔天我搭上了飛機，中途停靠在香港，轉搭飛往墨爾本的飛機，過程中我忙得滿頭大汗。當時的時間沒有很多，加上我英文不好，很難找到轉機的地方。好不容易搭到飛往墨爾本的飛機後，我在飛機上幾乎一直在睡覺。旁邊坐著一位個頭很大的澳洲人，我很怕跟他講話。我抵達墨爾本後，行李竟然被運送到新加坡機場，聽說一週後才能送過來澳洲，於是我決定先離開機場再說，逕自搭計程車前往宿舍。

抵達當天是週末，所以在宿舍裡只有一名導師駐守。我聽他介紹完環境後，就回到我小小的房間，因為緊張的情緒一下子鬆懈了下來，一進房後倒頭就睡。那時我不知道，當年澳洲餐廳週末幾乎不開門，如果要找餐廳，就要走上好長

一段路，沒有車的話幾乎是不可能。我沒東西吃，行李還困在新加坡，當然也沒衣服可換。如果我英文好一點，至少可以告訴隔壁房的同學我發生的事，跟他要點東西來吃，但那時的我懦弱又內向，別說是要講話了，連離開房間都有困難。所以我整個週末就這樣餓著肚子。

這種什麼都是第一次、什麼都很陌生的經驗，現在成為了我很懷念的回憶。後來對墨爾本越來越熟悉，交了很多朋友，父母也以探視我為由來澳洲旅行。**一開始雖然很陌生，但漸漸熟悉後，在澳洲的那一年在我人生中留下最美麗的玫瑰色回憶。**

所以後來呢？兩年後我讀完了大學，決定要去澳洲念研究所，所以再次前往澳洲，但不知為什麼，那時已經跟我當時來的感覺不一樣了，日子過得很辛苦。

可能因為來學語言的時候就像旅遊一樣，但這次要拚命念書才能考上研究所，再加上因為我去的地方並非墨爾本，而是坎培拉，我在那裡遇到的人並不好親近。此外，當年日本與韓國的衝突擴大，甚至發生了暴力事件，我成了其中一

名被害者。後來雖然在努力念書之下獲得了入學資格，但我已經不再喜歡澳洲，終究放棄就學，回到了韓國。

我以為這就是與澳洲緣分的盡頭，但之後我還是又去了澳洲幾次。結婚前夕，我和老婆去澳洲旅遊，度過如夢般的幸福時光，後來跟已經長大的孩子再次前往墨爾本時，也覺得像是第一次拜訪一樣。

我看到〈今生是第一次〉裡南世喜（李民基 飾）和尹志浩（庭沼珉 飾）在海邊見面的那一幕時，就立刻想到澳洲。澳洲對我而言，就像尹志浩所說的海邊一樣——「就算以前見過大海，但今天看到的這片大海也是第一次啊。」大學時期體驗過的澳洲跟上了年紀後再次拜訪的澳洲也不同，因為就算是同樣的空間，也會隨著跟誰在一起而有不同的感受。

「人的到來／其實是一件天大的事／因為他是／帶著他的過去／與現在／還有／他的未來一起到來／是一個人的一生來到眼前／到來的是一顆／易碎　所以也可能是／早已經破碎的心」

鄭玄宗詩人的「訪客 25」，在南世喜的吟詠之下變得特別。世界上哪有什麼事情不是第一次呢？來到我們面前的許多緣分和經驗，都可能是某人驚天動地的拜訪。一開始覺得陌生、尷尬的部分，總有一天會逐漸熟悉，**即使是已經很熟悉的事物，也會因為不同的每一天而變得嶄新，這就是人生**，所以不需要因為瞭解昨天，就開始猜測或擔心明天，因為一切終究都是第一次。

---

25 譯註：摘錄自《島：收錄詩人畫作鄭玄宗詩選集》，暖暖書屋出版（2019 年）。

「我美室不需要這些，不需要被叫媽媽，不需要抱歉。愛嗎？你覺得愛是什麼呢？所謂的愛，意味著不遺餘力地占有。這就是愛。如果你愛德曼就要這樣。戀慕、大義還有新羅，任何一個都無法跟別人分享。不管是跟庾信，還是跟春秋都一樣。清楚了嗎？」

「我的戀慕之心，我會自己看著辦。」

「是因為擔心你才會這樣說！我得人心後想要占有國家，但是你得到國家後才想占有人心。以人為目標，是非常危險的事。」

「德曼公主，首先是人，也是新羅的化身。我要造就她成為這樣的人。」

「以極為稚嫩的心所做的夢，未免也太青澀了！」

── 《善德女王 선덕여왕》・2009

《善德女王》是韓國 MBC 電視台於 2009 年 5 月 25 日起播出的古裝連續劇，由李枖原、高賢廷、嚴泰雄以及全南佶等人主演。本劇講述從小因為不祥預言而被拋棄的德曼公主，如何戰勝宮廷內的權力鬥爭，以公主身分挑戰男性專有的王位，最後成為第一個登上新羅王位的女性──善德女王。

以極為稚嫩的心所做的夢，
未免也太青澀了

「我以後要有一間有游泳池的房子！」

當時還在念小學的兒子，在玩「生命之旅[26]」的桌遊時，說出了自己的夢想：想要擁有一間有游泳池的房子。他非常喜歡游泳池，去東南亞度假勝地旅遊時，比起參訪遺跡、購物或吃東西，他更喜歡在飯店裡的游泳池玩耍。某次我們預約了附設個人游泳池的住宿地點，他幾乎整趟旅程都泡在游泳池裡。在游泳池旁邊吃飯、玩遊戲、睡午覺，然後再泡到游泳池裡，度過相當悠閒的時間。

---

[26] 編按：一款模擬人生的桌遊，能夠體驗從高中畢業到退休的人生旅程。

我太瞭解他的喜好，所以他玩桌遊玩到一半講出這句話，我也只是點點頭說著：「好啊！以後也要讓爸爸進去游泳池玩喔！」

兒子說，以後要養三個孩子。小孩養小孩聽起來很可笑，他甚至野心勃勃地（？）列好計畫，要給每個孩子一個房間，還說要幫忙布置房間。

「我要給老大一個裝滿樂高的房間，他可以一整天玩樂高，用樂高蓋出各種東西。還要有一個房間是用樂高蓋出床鋪，就能在念完書之後睡覺。老二的房間要裝滿樂器，要放吉他、鋼琴、合成器，讓他可以創作音樂。」

兒子的計畫非常有野心。當然現實中不太可能發生，不過我聽了之後還是很給他面子，點了點頭說：「好啊！那以後也可以給爸爸一個房間嗎？讓爸爸可以在那個房間裡把音樂放得很大聲。」

兒子一下子就長大了，現在成了高中生。當時陪他一起玩桌遊的姊姊已經是大學生了。我們現在已經不會再玩像

「生命之旅」那樣的桌遊了，所以也不會再說出這種青澀的夢想，反而常常跟孩子們聊到一些現實的話題。早上起床後會一邊沖咖啡一邊看晨間新聞，兒子會問我新聞中提到的那些殘酷的社會事件。

他現在瞭解到，人生並不像桌遊那樣單純，也瞭解到如果要買附有游泳池的房子就要賺一大筆錢，每個孩子擁有一間房間也是要衡量家庭的經濟狀況才辦得到的。更進一步，他也瞭解到社會上有所謂的「競爭力」。

參加過許多考試後，他跟朋友之間隱約有了競爭意識。**很遺憾的是，我們的社會就是會區分勝者與敗者，而且可以說是一個贏家通吃的社會結構。他似乎已經隱約明白了。**

某天一起吃飯時，話題聊到了以前一起玩的生命之旅，他說幾天前姊姊的男朋友來我們家，因為沒事可做，就開始玩起生命之旅。但是他再玩一次後說，他終於知道那個遊戲呈現出的價值觀是「極度資本主義」。生命之旅的介紹中誇張地寫著：「有多少孩子就會有多少錢，一個孩子值韓幣幾十萬元。全都會換算成錢。」

> **蘊含在這遊戲裡的人生目標，**
> **終究就是賺錢。**

　　兒子不再夢想著住在有游泳池的房子、生三個小孩、按照小孩子的特質布置房間，因為想像雖然容易，但並不符合現實；相反地，他彷彿忘記那件事一樣，現在有著非常實際的夢想：考上大學後，找一份能發揮所長的工作。不過，連那樣的夢想，都不知道能不能在現實中達成。

　　我想起〈善德女王〉的美室（高賢廷 飾）在臨死前最後說的台詞：「以極為稚嫩的心所做的夢，未免也太青澀了！」美室非常瞭解人世間的一切規矩。在世上絕對沒有什麼東西能跟別人分享，就連跟所愛之人也是一樣。所以對她而言，「人」絕對無法成為目標。

　　儘管這個想法很悲觀，但活了越久就越實際感受到，這就是我們的現實。夢想隨著時間流逝變成了一件痛苦的事，所以我反而更珍惜兒子在玩「生命之旅」時，曾經說出的那青澀夢想。

我們的社會
就是會區分勝者與敗者。

「所謂精采的比賽，並不是指獲勝了，是指就算輸了，也打得很好的比賽，是指不論誰贏了，過程都比結果更美麗的比賽。」我聽到朋友說這句話時，覺得我們的生活也是如此。重要的不是結果，而是你如何享受過程。

Part 4.

不論誰贏了，
這場比賽的過程
都比結果更美麗。

「當天 Dreams 是七連敗，偏偏 Titans 派出像姜斗基那樣的國家代表隊先發投手崔秀元。所有隊伍跟 Dreams 比賽時，為了拿到三連勝，通常都是派最好的先發投手。坐在後面的大叔大吼著要教練辭職，真的是亂成一團。但是當時嚴三久選手打出一支漂亮的三分全壘打。本來喊著要教練辭職的那些大叔們，包括我爸爸，都因為那一支全壘打在原地激動地跳著、流下眼淚。明明都是大人了。

「真是精采的比賽。

—— 〈金牌救援：Stove League｜스토브리그〉，2019

《金牌救援：Stove League》是韓國 SBS 電視台於 2019 年 12 月 13 日起播出的連續劇，由南宮珉、朴恩斌以及吳正世等人主演。本劇講述在球團的休賽期間，常年排名倒數第一的職業棒球隊 Dreams 來了一個新團長，他如何帶領 Dreams 重新成長，最終獲得冠軍的勵志故事。

| Stove League |

只要你認真參與過一場比賽，
一定能得到很多收穫

　　提到棒球，我就會想到韓國職棒草創期的三美巨星、MBC 青龍、海陀虎[27] 還在的時期，「浣熊」張明夫和「火鳳凰」朴哲淳兩人激烈的交戰。當時我還是個小學生，我非常認真看電視轉播幫他們加油。當時可說是韓國小聯盟棒球團的春天。我有個朋友加入小聯盟棒球團，穿上斗山熊（Doosan Bears）的制服。我雖然也很想加入，但當時家境並不允許。

　　不過對於加入職業棒球隊這種不切實際的幻想，到我升

[27] 譯註：韓國職棒球隊名稱。「三美巨星」後來更名為「現代獨角獸（Hyundai Unicorns）」，現已解散。「MBC 青龍」為現在的「LG 雙子（LG Twins）」。海陀虎為現在的「起亞虎（Kia Tigers）」。

國中就完全破滅了。國中裡有橄欖球隊、足球隊、棒球隊、舉重隊等各種運動隊伍，其中棒球隊是連靠近都不能靠近的險惡地區。有一次我沒有搞清楚狀況就走到那一帶，莫名其妙就被球棒打了，直到現在我還不知道原因。不知道是不是因為學生常常打群架，為了讓學生用運動消耗體力，學校才定期舉辦校際比賽，我們每到那時還要在看台上打赤膊，隨著上場球員的改變準備翻牌，來跟敵隊的加油團比氣勢。

我們在看台上準備翻牌的時候，利用肉色和運動服的顏色，表現出學校的象徵物「老鷹展翅」的動作，那時為了練習這個辛苦到全身虛脫，還必須吃鹽巴來補充體力。比賽當天，對手學校用翻牌組字表現出「老虎用力跳躍」的動作時，我們都大笑出來。後來輸掉棒球比賽的對手學生一窩蜂跑進操場，我們也像是早就在等待這一刻似地同時跑進操場，結果一群人就開始扭打起來，導致當時我對棒球的印象非常差。

大學時期的某個春天，朋友有一張免費的票，邀請我一起去看職棒比賽。雖然當時我一點興趣都沒有，也對棒球沒什麼好印象，但因為無法拒絕朋友提議，只好跟著他一起

去。不過，我一到棒球場卻意外地興奮起來。在比賽開始前，光是看著那寬廣的棒球場和綠色草坪，心情就變得很好。觀賽時，我跟朋友一起喝著啤酒，嘰嘰喳喳地講個不停。他講了很長的故事，談論身為職棒球迷的他對棒球的愛好是怎麼勝過足球的。

棒球不像足球有時間限制，不需要到處跑來跑去，也會徹底遵守規則，**雙方在每個半場都會公平地得到一次機會，能發揮那機會的隊伍就會取得勝利。這就是棒球。**偶爾我也會坐在啤酒屋裡跟朋友一起邊喝啤酒邊看職棒，其實比起足球，棒球才是更適合邊閒聊邊觀賞的運動。

不過，朋友說，自己之所以會這麼沉迷棒球，是因為自己的工作並沒有如此照規則走。他當時擔任一家保險公司的業務主管，經歷過非常多殘酷的事情，讓他不禁質疑自己真的要做到這種程度嗎？為了提升業績，陷害業務員到泯滅人性的地步是家常便飯。他說每個月就像滴滴答答倒數的定時炸彈一樣，如果沒辦法達成業績，公司就會公布業務員的姓名，給他壓力要他補滿業績。

為了能繼續保有這份工作，他只好選擇最簡單的方式：自掏腰包買保單。實際上，我也被他推銷保險過，只不過錢是他出的。

　　仔細想想，國中時之所以那麼討厭棒球，是因為我無法享受比賽。校際間的比賽並不會照規則進行，在橄欖球比賽中，如果比數差距大到無法逆轉時，雙方幾乎就是直接打起來了，甚至會看到球員在主審不注意的時候用銳利的釘鞋踩對手。像棒球這樣的比賽，雙方會對勝負很執著，所以無法保持悠閒的心情。就連整齊劃一地以翻牌構成的老鷹和老虎，等比賽結束後也會被徹底粉碎，所有人都會跑到運動場上，變成一團混亂。

　　朋友喜歡棒球的原因並不是自己支持的隊伍很厲害，是因為很享受觀賞這種不論輸贏都按照規則走的比賽。棒球是一種被稱為「統計」的運動，由於是以最少的規則來比賽，所以在某種程度上能透過統計預測戰績。這應該也是他的工作所沒有的特質，他所做的工作絕對不是一場「精采的比賽」，因為不會照按規則走，也無法預測戰績。

「所謂精采的比賽，並不是指獲勝了，是指就算輸了，也打得很好的比賽；是指不論誰贏了，過程都比結果更美麗的比賽。」我聽到朋友說這句話時，覺得我們的生活也是如此，重要的不是結果，而是你如何享受過程。

「你知道這個駱駝圖是什麼意思嗎？沙漠的游牧民族一到晚上就會把駱駝拴在樹上，可是到早上就會像你看到的這樣，解開牠的韁繩。不過駱駝並不會逃走，因為牠會記得被拴在樹上的晚上，就像我們記得過去的傷口一樣。意思就是，那些過去的傷口和陰影會一直困住我們。」

—— 〈沒關係，是愛情啊！｜괜찮아사랑이야〉，2014

《沒關係，是愛情啊！》是韓國 SBS 電視台於 2014 年 7 月 23 日起播出的連續劇，由趙寅成、孔曉振以及李光洙等人主演。本劇講述成功的推理小說作家與一位精神科醫生偶然在一個電視節目中相遇，從互相吵鬧到彼此治癒的愛情故事。

Story 28.

| 沒關係，是愛情啊！ |

你的心理有陰影，
必然與過去的某些事相連

　　在我出書後，每次要參加出版社舉辦的各種活動時，我心裡都有一個過不去的關卡，就是活動結束後照例進行的簽書會。當讀者排成一直線遞出書時，我的腦子會一片空白，手抖到不行。想寫的話很多，但手都跟不上。

　　我的筆跡是鬼畫符中的鬼畫符，再加上有人盯著我寫字時，我的手會一直抖，所以字會變得更醜。詢問讀者的名字、寫下他的名字後簽上我的名字，順便簡單寫幾句鼓勵的話，這對我來說是非常困難的動作。因為我的字太醜，所以某次辦活動時，甚至還曾經拜託出版社限制簽名人數。即使

如此，如果讀者要求，我還是無法不理會。

　　問題不只有簽名，所有必須親筆簽字的事情都讓我很痛苦。舉例來說，在合約上寫姓名、地址、出生年月日、銀行帳戶這類的資料都很不容易，所以我喜歡出版社事先告知需要提供的基本資料，我就會先打在合約上後列印出來，最後再簽上名字就行了。如果是出國時，要在飛機上填寫入境書，我通常都拜託老婆幫我寫。老婆可以快速地寫出漂亮的字，我看她動作俐落的樣子，心裡覺得感謝之外，也覺得很神奇。

　　小時候媽媽看到我寫在作業簿上的字就說：「好像一團蚯蚓。」雖然她跟我說過好幾次，叫我好歹練一下字，但這種事哪是說到就能做到的？讀高中的時候，我因為字跡潦草的關係，同學戲稱我的作業簿是只有我才看得懂的「暗號紀錄冊」。想要拿我的筆記去影印的同學開玩笑地問：「你是不是故意寫得像蚯蚓一樣？」

　　到了讀大學的時候，字跡仍舊是我的罩門。某次為了要在考卷上一筆一畫工整地回答申論題，在考試時間快結束

時，我還寫不到一半。**對我來說，寫文章並不難，但寫字很難，我因此搞砸的考試不只一兩次。**

還好大學時期，終於出現了微軟的文書處理工具，讓我出現一線生機。教授要求我們寫報告時不用手寫稿，而是印在 A4 紙上繳交，這對我來說就像是個救贖。萬一世界上沒有電腦，我可能就沒辦法從事寫文章的工作了。寫字對我來說就是這麼辛苦。

在〈沒關係，是愛情啊！〉裡，張宰烈（趙寅成 飾）看著掛在廁所的駱駝圖畫時，對池海秀（孔曉振 飾）提到所謂的「陰影」。駱駝記得自己晚上被綁住，所以就算早上已經被鬆綁，牠依然不會逃走，這是因為晚上的記憶所造成的陰影。我看到這一幕時，向老婆坦承：「我也有陰影。」老婆問我是什麼，她聽到我說「寫字」之後就噗哧一笑。

以前有個老師對我說「你再回去重寫」，前後總共說了五次。我看著前一天自己寫的作業簿，連我來看都覺得寫得歪七扭八。不過，就算我很用心寫、想要寫得工整，字跡依然很潦草。而且隨著時間過去，別說是變好看了，字跡越來

越難看，就像蚯蚓一樣。當時教室裡都沒有其他人，同學早就已經寫完回家了，只有老師和我留下來，而我一再地反覆寫字。

寫功課寫到差不多第五次的時候，眼淚一滴滴落在我的筆記本上。我當時無法理解，我到底是做錯了什麼要受到這種懲罰，所以不斷地湧出悲傷。最後老師看到布滿淚痕的筆記本才說：「你可以回去了。」

這是我國小某天放學後發生的事，這件事留在我的記憶中很久，後來「寫字」這件事就成為了我的陰影。老婆聽了這段故事，唱起韓國嘻哈饒舌團體 DJ DOC 的「Dance with DOC」的其中一小段給我聽：「難道要會拿湯匙，才能好好吃飯嗎？」所以，現在我多少能夠釋懷了。**至少我該慶幸的是，還好我的陰影是寫字，如果是寫文章就完蛋了。**

「今後我不想再努力了。我已經厭倦了全力以赴。」

—— 〈機智牢房生活 | 슬기로운감빵생활〉，2017

《機智牢房生活》是韓國 tvN 電視台於 2017 年 11
月 22 日起播出的連續劇，由朴海秀、鄭敬淏以及
鄭秀晶等人主演。一位即將進入美國大聯盟的明星
投手，卻在一夕之間鋃鐺入獄，必須在惡劣的監獄
環境下努力生存。本劇雖然以監獄生活為背景，但
內容沒有逞兇鬥狠，而是透過犯人、獄警以及犯人
家屬等角色刻劃出各自的感人故事，是韓劇中的嶄
新題材。

停止努力吧！
並不是全力以赴就一定會成功

　　念國中時，我去漫畫店一定會最先找韓國漫畫家李賢世的作品。當時我看的是《喜鵲的第五季》和《流浪的喜鵲》，在這部作品中，「喜鵲」吳慧星是社會邊緣人。身為一個社會邊緣人，透過像棒球這種運動發洩被壓抑的情緒，這樣的故事非常吸引我。

　　到了 1983 年，李賢世推出了《恐怖的外人球團》，這部作品曾創下韓國漫畫史上最高銷售紀錄。故事中的主角喜鵲家境清寒，而且身上還有相當致命的傷口，他與其他像自己一樣的社會邊緣人一起徹底翻轉了職棒局勢。這部漫畫教

會了我一件事：「不要放棄，如果付出超過你想像的努力，終究會爬到頂端。」

在那之後過了三十年——2017 年播出了〈機智牢房生活〉這部電視劇。電視劇裡有一位職棒選手金濟赫（朴海秀飾）。他原本是一名被看好可以登上大聯盟的左投手，卻在追捕要強姦妹妹的男性時，因毆打對方致死而犯下殺人罪鋃鐺入獄。不僅如此，在監獄時還捲入內部衝突鬥爭，導致左肩受傷，這對棒球選手來說等同是被判了死刑，他跟喜鵲一樣墜落到低谷。

不過，如果是喜鵲，應該會想盡辦法，以不放棄的執著懷抱著再次復出的夢想，但濟赫卻做出了一個跟喜鵲非常不一樣的選擇。他說出引退宣言：

> 今後我不想再努力了。
> 我已經厭倦了全力以赴。

他曾經是「忍耐的代表」、「努力的代表」。之前發生交通意外時，他憑藉「忍耐」和「努力」成功復出。所以粉

絲們聽到他肩膀受傷的消息時，也相信他很有可能會在復健後復出。不過，他這次做了不同的選擇，甚至說：「好像只要不打棒球，就能過得很好。」

棒球不是他最喜歡的事情嗎？不就是因為非常喜愛棒球才能憑著不屈不撓的意志克服這些困難嗎？其實不管再怎麼喜歡棒球，應該也很難忍受死亡般的痛苦、開心地去做復健。因為，**忍耐和努力是苦澀的，而結果卻未必甜美。**

在世界上有些人可以跳入一個領域，在下定決心、付出努力後獲得成功。不過，在那些成功人士的背後有更多失敗的人。儘管如此，他們依然沒有放棄，因為他們的腦海裡都有一句話：「只要努力，沒有什麼事情是做不到的。」

不過，難道只要努力就沒有事情做不到嗎？雖然說起來讓人難過，但我們的社會因為某些既定因素，早已清楚地把事情分成「做得到」跟「做不到」兩種。舉例來說，大學沒畢業的人要進入大企業，就算拚死拚活地努力，機率也是微乎其微。就算真的進去了，在注重大學人脈的公司裡，需要有多大的堅持才能獲得升遷呢？這也是未知數。

在還有「成功梯子」的時代，喜鵲至少為了得到一點小機會而努力，但在「根本沒有梯子」的現代，努力就變成白費的「苦力」。

1993 年的喜鵲和 2017 年的金濟赫之所以會做出完全不同的選擇，是因為「監獄生活」這個現實，似乎再怎麼樣也無法改變，而在這樣的社會中能變得幸福的方法，早就已經變得不一樣了。喜鵲是在付出刻苦耐勞的努力後就能成功的時代人物，金濟赫則是那「努力」會變成「苦力」的時代代表人物，所以勢必會對全力以赴感到厭煩。然而，就算是牢獄生活，若能機智地應對，還是能變得幸福。

也許金濟赫的選擇，從社會的角度來看就像傻瓜、像輸家一樣，但那對他而言卻是用盡全力做出的「機智選擇」，**因為與其耗費全力緊抓住不存在的希望，趕快放棄、選擇現實的幸福才是更聰明的**。看起來，這就如同我們在與茫然的現實產生碰撞時，必須要做出「智慧的選擇」。

說到底，藉由犧牲並放棄「現在」所得到的成功和夢想有意義嗎？何況，那還是什麼都仍舊未知的未來。

雖然大家都付出努力、全力以赴，但那可能不是所有人都應該要去追尋的夢想。在放棄一件事的起點處，難道不能打造另一個夢想嗎？對於覺得只有某件事才是自己生活中唯一夢想而不放棄的人，是不會出現其他夢想的。

　　停止努力吧！在那些你不論再怎麼努力也不會成功的事情上。停止全力以赴吧！在那些不會因為你全力以赴就改變結果的事情上。

今後我不想再努力了。
我已經厭倦了全力以赴。

「能好好睡覺是件好事。

好好醒來、好好吃飯、好好工作和休息，

然後好好睡覺，這真的是很棒的人生。

所以大家 Good Night。」

—— 〈天氣好的話，我會去找你│날씨가좋으면찾아가겠어요〉，2020

《天氣好的話，我會去找你》是韓國 JTBC 電視台
於 2020 年 2 月 24 日起播出的連續劇，由朴敏英
和徐康俊主演。本劇講述對首爾的大都市生活感到
疲憊的女主角，決心回到純樸的鄉下生活，與在當
地經營獨立書店的男主角相識相戀，是一段療癒且
溫暖人心的愛情故事。

Story 30.
| 天氣好的話，我會去找你 |

好好吃飯，好好睡覺，
好好度過每一天

「我可以睡一覺再走嗎？」

有一次我因故從首爾去了江陵[28]一趟，回程中突然想拜訪月精寺[29]，於是衝動之下問了這個問題。住持跟我說，寺廟後方就有為我這樣的訪客預備的宿舍。只不過旁邊有修行的師父投宿，所以住在這裡的時候要保持安靜。布施了使用房間的費用後，住持便引領我進入房間。

[28] 編按：江陵是位於江原道的海濱城市，距離首爾約 2～3 小時。
[29] 編按：月精寺位於五臺山東邊溪谷的茂密樹林裡，坐落於聚集滿月山精氣處，被翠綠的針葉樹林包圍。提供付費的寺廟寄宿，可體驗禮佛、寺廟禮節與冥想等活動。

原來，世界上有這麼簡樸的房間。牆壁上只有一個掛衣服的掛鉤，地板上有床單、棉被和枕頭，這就是全部了。**這房間傳遞給我一個單純的訊息：「睡覺」。除此之外就沒有其他事能做了。**如果我一個人靜靜不動，就聽不到任何聲音，房間的燈關上後就變成漆黑一片，我在那裡感受到前所未有的黑暗與寧靜。

　　我常常無法入睡。我的工作是看電視節目後寫文章，很多節目必須要看到深夜，導致我到凌晨一兩點都無法入眠，到後來就算沒做什麼特別的事也睡不著。不過若遇到截稿日，我還是得一大早起床趕稿，導致我常常睡眠不足。通常我一天只能睡四個小時左右，中午會再稍微補眠一下。因此，好好睡一覺、醒來後感到神清氣爽，似乎已經是很久以前的事情了。

　　在月精寺的那個房間裡，我幾乎呈現昏睡狀態。之所以會這樣，是因為我進入一個「只能睡覺」的房間，躺下後睡意就立刻湧現。我就像是好幾年都沒睡覺的人一樣，睡著時沒有任何雜念。早上陽光照入房門，我睜開眼睛時，頭腦相當清晰。通常我起床後頭腦沉重，每天一起來都要泡咖啡補

充咖啡因，就像頭痛要吃止痛藥一樣；但這天跟平常非常不一樣。那時我才明白能好好睡覺，是多麼幸福的事。

電視劇〈天氣好的話，我會去找你〉翻拍自韓國小說家李道宇的同名作品，我在看這部劇時，突然想起在月精寺的那個房間。劇中恩燮（徐康俊 飾）高中時曾在筆記本上寫：「能好好睡覺是件好事。好好醒來、好好吃飯、好好工作和休息，然後好好睡覺，這真的是很棒的人生。所以大家 Good Night。」

> **好好睡覺、好好吃飯、好好休息，就是「很棒的人生」。**

我覺得賦予這句話崇高的價值既不離譜也不誇張。所謂「很棒的人生」，不就是從月精寺那樣簡樸的房間裡所得到的嗎？

在寺廟裡吃過簡便的早餐後，我走在樹木高聳入雲的杉松林之中，下定決心之後要好好整理一下自己的生活，要過得更簡單，首先就從整理我的房間開始。

不過，生活哪能如此隨心所欲呢？回家後，我又回到了失眠的生活，彷彿我從來沒睡過好覺一樣。但起碼可以感到安慰的是，現在當我睡不著時，我會努力回想月精寺的那個夜晚，想像我躺在身邊沒有任何人、沒有任何聲音、沒有任何光線的房間，那段回憶能夠引導我一點一點進入夢鄉。

很多節目必須要看到深夜……

「啊！我看到你家有碗泡麵就拿來吃了。我怕我吃的聲音會吵醒你，所以就端到屋頂上吃。我不知道已經多久沒有吃東西吃得那麼香了。我想起了你說的話，你在練琴練到肩膀脫臼的時候，仍舊享受著拉赫曼尼諾夫和帕格尼尼的音樂，而且你最愛他們，我終於實際體會到那究竟是什麼意思。我過著很奇怪的日子，因此現在我不敢說我愛你的家或是我愛你。但是，我會試著向你學習。所以善宰啊，就算你不太懂英文或德文也聰明絕頂，這在世界上是不倫戀、是會對你造成傷害的事，也是罪惡。所以你要有智慧地藏好、保護你自己。骯髒的事情交給我來應付，那可是我的專長呢！很肉麻吧？現在伸展一下身體，去吃早餐吧！」

—— 〈密會｜밀회〉，2014

《密會》是韓國 JTBC 電視台於 2014 年 3 月 17 日起播出的連續劇，由金喜愛和劉亞仁主演，改編自日本作家江國香織的作品《東京鐵塔》。本劇描繪 20 歲的天才鋼琴少年與 42 歲已婚財團企劃室長的禁忌姊弟戀。

Story 31.
| 密會 |

心甘情願為孩子付出，
不會有停下來的那一天

「那天早上要送孩子上幼稚園的時候，孩子不知道為什麼從一大早就一直在生氣，還把最寶貝的玩具車拿起來亂丟。可是我該怎麼辦？如果不送他上幼稚園，我也沒辦法上班，只好勉強安撫一下哭鬧的孩子。好不容易送他到了幼稚園門口、準備要離開時，他又『哇』地一聲大哭起來。本來想說要再回去看他，後來就打消念頭了。因為我很清楚，一旦我回去，他反而會哭得更厲害。不過，我好歹是個媽媽，聽到孩子的哭聲，離開時我的腳步非常沉重。」

那時我在雜誌社上班，為了趕在截稿日前交稿而徹夜未眠，早上再把檔案交給印刷廠。搭地鐵回家時，突然想起某位老同學在一次跨年聚餐時說過這段話。往郊區的地鐵車廂空盪盪的；相反地，往市區方向的上班人潮卻把地鐵車廂塞得滿滿的。貼著地鐵的窗戶，我在密密麻麻的臉龐中無法找到任何一張笑臉，大部分的人都是表情僵硬地低頭滑手機。哪有什麼值得開心的事呢？迫於現實的無奈而不得不去上班，在我眼裡只看得見沉重。

　　「那天我真的很不想上班。行銷組交代我一件事，由我送去食品藥物管理署，食藥署應該會核准的，但那次他們卻和平常不一樣，變得非常挑剔。平常都會核准，但偏偏不知道為什麼這次就是不核准，所以那天我還得回去向行銷組道歉。我在公司裡是負責食品醫藥安全的窗口耶！我就像被拖到屠宰場的牛一樣。但是我又能怎樣？就算不想做也要做，就算不是我的錯也要負責，我就是這樣的社畜。」

　　每到早上，一山地鐵站[30]就會被要前往首爾的人擠得水洩不通。不知為何，我覺得好像他們離開後，整個一山就會

---

[30] 編按：一山位於京畿道高陽市，終點「大化站」可連接首爾地下鐵的 3 號線。

變得很荒涼。我在雜誌社上班時還沒什麼感覺，但成為自由工作者之後，就會深刻感受到白天的一山變成幽靈都市，圖書館或超市裡都幾乎看不到什麼人，幾乎全城的人都去首爾上班了。我思索著，那些把地鐵擠得滿滿的上班族，每個人都在想些什麼呢？

「雖然平常也不輕鬆，但那天真的不想幹了。說實在的，我根本沒有做錯什麼啊！不核准的是那些人，但是行銷組裡的每個人都不停地追問我，好像全都是我的錯。也是啦！公司就是這種地方啊！只要出了什麼問題，沒有人會尋找真正的原因，大家都會先怪罪負責人。在這場混亂中，我的婆婆一直打電話給我。她把小孩從幼稚園接回來之後，孩子因為玩具車壞了就一直哭鬧，把家裡搞得雞飛狗跳。是孩子亂丟玩具，為什麼要問我？不管是公司還是家裡，我全部都想要拋在腦後，我想躲到某個地方。我想預訂一個手機收不到訊號的房間，一整天只要睡覺就好。」

也許是因為我在截稿日之前徹夜趕稿的關係，在地鐵上不知不覺就睡著了，睡到一半被突然響起的電話聲吵醒時，

我已經坐到我家附近的站了。我連忙下車並接起電話，電話另一頭傳來總編的尖叫聲。原來是我打錯字了。平常如果只是打錯一個字，這種程度他們不會追究，他們會睜一隻眼閉一隻眼，但偏偏這次的錯字出現在「廣告報導」裡，每本雜誌都要一一貼上貼紙，所以總編氣炸了。所謂的主編，就算只是一名記者，從企劃、採訪、寫稿全部都要親自參與，連設計和印刷也要獨自完成，但他似乎忘記這些原本他該做的事，現在全部由我一手包辦。

一個人要完成這麼多事情，不可能不出現錯字。總編卻因為出現一個錯字就大吼大叫，我真的對他很反感。但我就算心有不甘也不能如何，這就是社畜的處境。「對不起，出版後我會幫忙去貼貼紙的。」我只能這麼說。

「下班回家的路上，我繞到玩具店買了一輛玩具車。那天我真的就像在地獄一樣，身體完全虛脫，但奇怪的是，拿在手上的玩具車卻帶給我力量。我看著玩具車，眼前就浮現出孩子開心的模樣。我早就知道職場就是這樣。雖然在公司經歷過各種有的沒的、被摧殘得不成人形，不過只要回到家看到孩子的臉，內心就感到悸動。

也許正是因為深入骯髒的社會打混過，現在對我來說，就連一些很微小、很瑣碎的事情都變得很珍貴。」

看到早上忙著出門上班的人群時，我偶爾會想到朋友說過的這些話。一開始會覺得揪心，之後心頭一熱轉而變得溫暖。**他們心甘情願為某人忍受辛苦的工作，我看到他們的心發出閃耀的光芒。那是比任何華麗的事物還耀眼的光芒。**

「我為了怕被你們發現而小心翼翼地生活，你們知道我過得有多落魄嗎？但我還是忍下來了，就算我很痛苦，只要爸爸開心就好。」

「你這白癡、笨蛋！你這麼做像話嗎？世上哪有父母會因為你的謊話而開心呢？」

「原本的車世麗沒辦法讓你滿意啊！誰會想說謊啊？你以為我是故意說謊的嗎？不過是成績拿了個B，你的聲音馬上就變了。是你讓我覺得只有成績好的孩子才是你的孩子！既然已經被揭穿，那我就說出來好了。我之前到底為什麼要這麼愚笨，我再也不想扮演你想看到的好女兒。我不想再按照爸的計畫生活！連你自己都爬不上去金字塔頂端，憑什麼要求我們？」

—— 〈天空之城｜SKY 캐슬〉，2018

《天空之城》是韓國 JTBC 電視台於 2018 年 11 月 23 日起播出的連續劇，由廉晶雅、李泰蘭以及尹世雅等人主演。以韓國上流社會為背景，講述一群想要扶助丈夫事業和培育子女成為精英的貴婦，如何視孩子考上首爾大學醫學系為人生唯一目標的故事。本劇因轉折不斷的劇情大受歡迎，創下許多收視紀錄。

Story 32.
| 天空之城 |

發現你的天賦，
做自己最擅長的事

　　一個孩子正在背韓國的地鐵路線圖，他只要拿到任何一張空白的紙張，就會在上面畫出密密麻麻又複雜的首爾地下鐵路線。

　　韓國 SBS 電視台〈英才發掘團〉節目中出現一位號稱「地鐵天才」的十三歲青少年李準赫（音譯），不只是首爾地鐵，他把全韓國的地鐵路線圖都背下來了，連站名的由來都瞭若指掌。除了站與站的距離之外，每一站、每一個出口是通往哪條路，甚至於站內商圈、流動人口以及交通狀況，他也掌握得一清二楚。

我看到李準赫的故事後，之所以感到非常驚訝，不只是他的能力驚人，更驚訝的是允許他盡情沉浸在地鐵中的父母，還有把他熟知地鐵的能力稱為「天才」的節目。在現實生活中，小孩從國小開始就要趕快接受學校教育、吸收課本上的知識，父母怎麼會放任孩子一直在研究地鐵呢？

　　現在這個熟知全國地鐵路線圖的孩子，正在設計韓國尚未開通的虛擬路線圖。在那虛擬路線圖裡，他考慮到商圈、流動人口和交通，妥善思考轉運站之類的環節，再放入設計圖裡。儘管從旁人的眼光看來，會覺得這孩子有點過度沉迷了，然而更驚人的是，他的母親竟然無條件地支持他。

　　孩子設計了大田[31]尚未開通的區間後，媽媽拿著該路線圖跟孩子一起來到大田的相關政府單位，然後拿給專家看，說那是孩子設計的。專家們都大吃一驚。他們說孩子設計的跟自己正在規劃的路線幾乎一模一樣，然後說：「你要不要跟我們一起做做看？」

　　一開始看到李準赫的故事時，我就心想，孩子因為太喜歡地鐵而背下路線圖，到底有什麼用處？不過當我發現看似

| [31] 編按：大田位於韓國中部，是韓國第五大城。

不起眼的興趣，意外地導向這麼龐大的結果時，我體會到自己的想法錯得離譜。**是否我腦中已經描繪出特定的成功路線，認為「一定要怎麼做」才能成功呢？**在學生時期，每個人都會把念書當成最重要的事情，但並不是只有學業才能決定未來。

另一個快滿十一歲的小男孩金健（音譯）沉迷於汽車的故事，也徹底打破我的偏見。他對汽車模型相當著迷，很早就表現出對汽車的高度興趣，而且他展現了一個驚人的能力──他只要從公寓頂樓，從上往下看路上經過的車輛上蓋，就能準確說出汽車的年份和款式。

我心想，這可以當成什麼特殊專長嗎？但這孩子實際上做到非常驚人的事，那就是揪出肇事逃逸者。監視器捕捉到肇事逃逸車的模糊畫面，連警察都難以辨別，他卻能清楚說中汽車的年份和款式，這成為能逮捕逃逸犯的線索。金健因此受到警局表揚，也成為 BMW 的「First Drive」概念廣告活動模特兒。

> **所有人都想成功，**
> **所有人都想成為世界的主角。**

我們下意識地會浮現出世界上某一個模範主角，然後認為應該要做些什麼、具備什麼能力，才能成為那樣的成功模範。例如要努力念書才能考上好的大學，才能進入好的公司，才能跟好人家出身的伴侶結婚，才買得起市區幾坪以上的高級大樓，然後買車子……，不知不覺間，我們的腦中出現了這樣的社會基準。

隨著〈Sky Castle 天空之城〉的劇情成為熱門話題，電視劇裡出現的家庭中，最令人心痛的就是世麗這一家。由於世麗爸爸堅信非得爬上金字塔頂端才能生存，使得世麗變得很不幸。

雖然大家會說：「天啊！現在哪有這種父親？」但仔細思考就會知道，其實只是程度不同罷了，我們也是那種認為孩子要進好大學才能擁有美好未來的父母，因為這也是我們過去到現在自己曾經面臨的現實。

由於我的工作特殊，需要長期觀看電視劇，最近我漸漸感受到電視劇中「主角」的概念正在改變。有一段時期，韓劇的劇情傾向只著重在男女主角身上，但是近年來，一部電視劇裡面會出現多位主角，其他人就算不是主角，「存在感」也非常強烈，甚至會比主角受到更多的關注。之所以出現這樣的趨勢，是因為觀眾的觀念改變了。觀眾以前只注意電視劇裡所設定的主角，現在卻慢慢轉變，認為符合自己喜好的人物才是主角。

　　所以主角再也不是被決定的某個人，也可能是一個不具備主角標準的人，不過只要有人覺得他是主角，他就會被定位成主角。喜歡地鐵的孩子和喜歡汽車的孩子之所以能成為主角，是因為父母的想法也改變了；同理可證，我們所有人都可以在這樣的意義之下成為主角，因為很可能在某個人眼裡，你比任何人都還要閃閃發光。

「小時候，我以為到了38歲左右就能變成完美的大人，會知道所有事情的正確答案、只會做出正確的決定。但是你知道我到了38歲後領悟到什麼嗎？就算做出正確的決定，結果也可能是錯的。我只領悟到了這件事。」

「你知道到了48歲又會如何嗎？啊，這個不應該透漏的……什麼是對的，什麼又是錯的？難道對我而言是對的，對其他人而言也是對的嗎？難道對我而言是錯的，對其他人而言也是錯的嗎？就算我自信滿滿地說我正朝著正確的方向生活著，還是要記得一件事，我對某人而言，可能只是個畜生。」

── 〈請輸入檢索詞 WWW｜검색어를입력하세요 WWW〉，2019

《請輸入檢索詞 WWW》是韓國 tvN 電視台於 2019 年 6 月 5 日起播出的連續劇，由林秀晶和張基龍主演。本劇以搜尋引擎網站公司為背景，講述三個執著於夢想的大齡女子雖然錯過了婚姻，在坎坷的路上卻依然相信自己的抉擇，是一部關於現代女性的寫實職場愛情劇。

Story 33.

| 請輸入檢索詞WWW |

這麼在意別人的看法，
你不累嗎？

你是否曾經強烈地感受到，自己被這個世界霸凌？身為一個劇評家，我再次閱讀自己剛出道時寫的文章，覺得從前的我相當尖銳。當時那些文章被放在入口網站上，出現了上百則對我的文章有共鳴的留言，所以我感到很得意。現在想想，我就像一個剛出江湖的魯莽匹夫，應該有不少人被我那銳利的刀刺傷了。

偶爾會透過書或是認識我的人聽到反對我的意見，其中有幾個人吐露，他們受到很大的傷害，但我認為這就是劇評家的宿命。因為不管怎麼說，劇評家的工作就是「評論」。

在我開設部落格後，每篇文章都有許多留言，但不是所有的留言都是善意的。偶爾會有酸民用近乎辱罵的言語瘋狂洗版，也有不少人身攻擊的留言內容。一開始我認為部落格是我的私人空間，所以覺得那些酸民的行為如同「私闖民宅」，讓我非常不開心。就像有人在我出門的時候跑進我家，弄得亂七八糟，還理直氣壯地在客廳中間大便一樣。

生氣歸生氣，至少他們帶給我的衝擊並沒有維持很久，因為那些很明顯只是人身攻擊，直接忽視也無妨。然而，當我看到不是惡意評論的留言，而是跟我持反對立場，卻是具有邏輯、有說服力的意見時，就讓我更頭痛。之前每次看到反對意見，我會立刻反駁那些反對我的意見，辯解說我的想法才是對的。不過，這樣的辯解從來都沒有一次能堵住對方的嘴，情況反而越演越烈。

三十歲時，我是為了生存和生計而寫文章，所以我覺得無論如何一定要扳倒那些反對者，但後來我瞭解到再怎麼辯論都無法說服對方，也有考慮到說不定我的文章會威脅到某人的生存和生計。就這樣到了四十歲以後，我的想法就稍微改變了。**究竟在這個時代，誰真正有資格能批評或評價別人**

呢？我的職業是要批評、評價，所以這個想法變成了我很大的困境。在困境中煩惱了好一陣子後，我的結論是要避開「妄下斷言」，不能用「廣義的角度」下筆，而是以「具體的陳述」說「這是我個人的意見」來撰寫。於是我捨棄判斷型的「是～」等肯定句，開始使用評論裡不可能出現的「應該是」這類詞彙。我也會使用疑問句「也許是～吧？」通常評論時會打著「客觀」的名目，以「廣義的角度」來談論，我為了避免這一點，也開始嘗試以第一人稱來評論。不少劇評家都覺得我這樣的寫法很怪異。

在評論作品時，用「廣義的角度」來描述，其實是很弔詭的事。舉例來說，我看完某部電影後，我如果說「我喜歡某些點，某些點則很普通」，大部分的人都能接受或同意，因為這只不過是某人傳達自己的觀點罷了。不過如果少了「我」這個主詞，用「肯定句」來敘述一個作品：「這部電影的完成度很低、沒有原創性，相當老套。」這就變成了評論。站在創作者的角度上，這種評論帶來的殺傷力是最大的。當然也許大多數人會同意我針對這個糟糕作品說出的客觀評論，不過我正在嘗試盡可能展現出主觀的立場。現在這個時代，一句好的評論就能夠引起大眾的共鳴，但是一味強

調「我是用客觀的角度評論」有什麼意義呢？「就算我自信滿滿地說我正朝著正確的方向生活著，還是要記得一件事，我對某人而言，可能只是個畜生。」

在〈請輸入檢索詞 WWW〉中，入口網站 Barro 的代表閔洪柱（權海驍 飾）對裴朵美（林秀晶 飾）說的這句話，帶給我許多安慰。**世界上大家都覺得自己說的就是唯一「真理」，但重點是其實這世界有無數多的真理。**我同時也想到，在我四十歲後再次閱讀尼采的書，看到這句話時：

> ”**世界上有一千個高原，
> 和一千個想法。**„

我的腦中霎時間煥然一新，也感受到無限的自由。

現在我的部落格裡，偶爾還是會有近乎辱罵的留言出現，但我已經不會做任何回應了。並不是不在意，而是因為現在我知道世界上總是會有人抱持著不同的想法，也瞭解到我對某人來說，可能就只是個畜生。

我只是想要做正確的事情，
但我所認為的正確，
總會有人認為是錯的啊……

「你哭了嗎？我也是。連我也是這樣，在那裡面像野獸一樣的哥哥都是這樣。哭出來吧！哪有人看到其他人的死還能無動於衷？所以我們一定要抓到那壞蛋。

唉，連我們都這麼難受，更何況是遺族呢？遺族流的淚應該跟大海一樣多吧？雖然我們一副能減輕他們悲傷的樣子，但加起來也只有一點點。所以要帶著那樣的想法、帶著必死的覺悟找出犯人，然後逮捕他。這就是我們的工作。

那個……哭也是好方法。所以不管是什麼，試著找出能克服的方法吧！」

—— 〈Signal 信號｜시그널〉，2016

《Signal 信號》是韓國 tvN 電視台自 2016 年 1 月 22 日起播出的連續劇，由金惠秀、趙震雄以及李帝勳主演。本劇一開始由 2015 年的年輕警隊心理分析師，透過偶然拾獲的老型對講機，聯繫上 2000 年的重案組刑警，兩人橫跨古今交換線索，攜手調查被警方忽略的懸案。全劇劇情緊湊且充滿懸疑氣氛，是當年人氣極高的燒腦神劇。

Story 34.

| Signal 信號 |

生命是如此無常，
才能讓我們義無反顧地活下去

1995 年 6 月 29 日晚上六點左右，我正從瑞草圖書館 [32] 裡走出來，突然看到數十台的消防車響著警鈴經過圖書館前的大馬路。我很訝異地想著究竟發生了什麼事，稍微站在行道樹旁邊準備點菸時，發現對面像灰燼的東西燒得非常旺。

我的直覺告訴我似乎有些不尋常，就在往地鐵站的方向走時，聽到路人竊竊私語地討論：「聽說有棟建築物垮了。」我當時壓根兒沒有意識到那是什麼意思，然後就直接搭地鐵回家了。

[32] 編按：瑞草是首爾市的一個區，鄰近地鐵 2 號線的江南站，韓國的國家圖書館位於此區。

回家一打開電視，就聽到緊張的聲音報導著「新聞快報」。原來是在瑞草洞的三豐百貨公司倒塌了。我仔細推算，其實百貨公司倒塌時，我就在隔壁條街的街口。我感覺非常不實際，好像是在看災難片中的一個場景。當時我的腦袋一片空白，就像是後腦勺被什麼東西擊中一樣。新聞中傳來令人遺憾的消息，在倒塌的殘骸中還有人沒被救出。

　　報導說，那時剛好下起了雨，托那場雨的福，提高了受害者的生存機率。在廢墟中尋找生還者的作業持續了一整夜。雖然我依然覺得這就像電影中的一個場景，相當不真實，但當我突然想到受害者家屬的心情時，那瞬間眼淚就止不住地流下。

　　相關新聞每天占滿各大媒體版面，但隨著時間的流逝，數量一點一點地減少，在生還率幾乎是微乎其微的時候，逐漸被其他新聞占滿。當然對受害者家屬而言，時間似乎還停留在事故發生的時間點。不過，那些為心痛的事故一起流淚、一起譴責不肖業者的憤怒人們，終究要回到自己的日常生活。「生活還是得過下去」，這句話理所當然地成為了我們的現實。

儘管很遺憾，但之後依然又發生了多起悲劇事件。1997年大韓航空客機墜落，造成 228 人死亡；2003 年某位五十歲男子在大邱地鐵縱火，造成 192 人死亡。後來到了 2014 年，說這年是充滿大型意外的一年也不為過，當年連續發生好幾件事故。慶州一間度假村的體育館坍塌，參與迎新活動的學生和工作人員共 10 人死亡；板橋表演場地的抽風口坍塌，造成 16 人死亡。此外，世越號於珍島前海沉沒，包含尚未打撈的屍體在內，共計 304 人死亡。

　　每次聽到令人遺憾的消息時，我們都會悲傷落淚。不過，就算全部加起來，也比不上遺族們如大海般的深沉悲傷。然後，我們依然要繼續生活下去。

　　年紀大了之後逐漸明白，儘管很悲傷，依然要與悲傷保持某種適當的距離。我在大學時期有一位很要好的學弟，他畢業後在銀行工作，某天早上卻突然猝死，當時我聽到這件事時非常震撼。之後的幾年，我們都會在他的忌日一起去看看他。在這樣相聚的日子裡，我們總是喝得酩酊大醉。不過，幾年後，我們又回到各自的日常生活。

後來聽說一位我從高中時開始認識、結交超過二十年的好朋友因急性白血病復發而死亡的消息，那時也是一樣，我們這群朋友雖然難過痛苦了好一陣子，但之後又回到各自的生活。

　　為某人哀悼、流淚惋惜他的死亡，那樣的時光是很可貴的。**因為我們努力想要理解他人的生活、想要分攤那份痛苦**。不過，陷得太深、無法維持適當距離就是不恰當的，就算是發生在自己親近之人身上的悲劇也是一樣。雖然覺得很難擺脫那份悲傷，我們還是要想盡辦法找到適當的距離，因為要這樣才能活下去。

　　我們的生活比我們想像的還要殘酷，不論是誰都會經歷親人的離開，而且自己總有一天也要面對死亡，所以遺忘與記憶會成為讓我們活下去的力量。當然那些令人遺憾之事的發生並不是我們所希望的，我們一定要好好記取教訓，以免重蹈覆轍，不過我們的記憶也要伴隨著遺忘，好讓我們能堅強活下去。

　　為了能從淚海中脫離出來，需要刪除痛苦的記憶，用好

的回憶填滿。若沒有與悲傷保持適當的距離，我們可能也撐
不過這殘酷的生活。

帶著必死的覺悟找出犯人，
然後逮捕他。

這就是我們的工作。

我們之所以能夠擁有歲月靜好的生活，是因為社會上有許多像肝臟一樣，默默忍受著苦痛並承擔各種事情的人。不過，實際上他們並不是一聲不響，他們總是吶喊著他們的痛苦、抗議著現況，希望現實能有所改變，只是他們沒能聚集那些聲音，或是找到一個讓聲音被廣大人們聽見的出口而已。

Part 5.

把聲音聚集起來，
找到一個被人們聽見的出口。

「我喜歡妳。我說我喜歡妳。喂,妳知道我為妳做到什麼地步嗎?為了跟妳一起上學,我每天早上都在大門前等妳一個多小時。妳從圖書室回來之前,我一直擔心得睡不著覺,『她怎麼這麼晚?是不是又睡著了?』

喂,我滿腦子都是妳、都是妳。我碰巧在公車上遇見妳的時候、一起去聽演唱會的時候,還有我生日那天收到妳送的襯衫時,我真的高興得快瘋了。我每天想妳超過十二次,只要能見到妳就很開心。我很久以前就想跟妳說了,我真的很喜歡妳。我愛妳。」

——〈請回答 1988 | 응답하라 1988〉,2015

《請回答 1988》是韓國 tvN 電視台於 2015 年 11 月 6 日起播出的連續劇,由李惠利、朴寶劍、柳俊烈以及高庚杓等人主演。本劇為申元浩導演「請回答三部曲」中的最後一部,講述 1988 年住在首爾郊區一個小社區裡,五個家庭的生活和鄰里街坊小市民的故事。

Story 35.

| 請回答1988 |

轟轟烈烈的愛情，
需要平平淡淡的經營

「我滿腦子都是妳。」

在〈請回答 1988〉中，正煥（柳俊烈 飾）第一次對德善（惠利 飾）告白後，立刻就感到後悔。正煥這突如其來的告白，令德善以及在場的東龍（李東輝 飾）和善宇（高庚杓 飾）嚇了一跳，正煥卻在告白後馬上對東龍說：「行了嗎，你這個廢物？這就是你的願望吧？」其實正煥是真心告白的，但他卻裝作一副是東龍希望他這麼做的樣子。

正煥對愛情的表現總是如此。在擠滿人的公車上，正煥

為了保護德善，使出全力到手臂都已經冒出青筋了，卻還是一副若無其事的樣子；下雨天拿著雨傘等著德善的他，見到德善後也只是一邊把傘交給她，一邊生硬地說了一句「早點回來」。

雖然正煥滿腦子都想著德善，但對方卻遲鈍到完全看不出正煥的心意。

第一次喜歡上一個人的時候，心情應該都像正煥一樣吧！會因為對方的一句話而神經緊繃；看到對方所做的一個小小動作，心裡就忐忑不安；如果訊息被已讀不回，就像天塌下來了一樣，但只要一收到回覆，就像中樂透一樣歡欣鼓舞，每個人都至少有過一次這樣的回憶。有時因為過於敏感而吵架，有時甚至會因為這樣而莫名其妙地分手。

然而，隨著時間的變化，曾經如此專注於對方一切的緊繃神經，終究也會麻木。因此，在一起很久的夫妻會覺得關係已經大不如前，反倒懷念過去那細膩而曖昧的情感。雙方可能會因為這樣的變化而失望，甚至會因為不再相愛而痛苦。**但是，在一段關係中，神經逐漸變得遲鈍，難道一定就**

只是壞事嗎？

　　結過婚的人就知道，「我滿腦子都是你」這件事，反而會造成更多的衝突和傷害。原本一個人生活的時候不太在意的舉動，在兩人一起生活後，會開始尖銳地刺痛對方的神經。就像一對刺蝟豎起身上的刺，撲上前去說「我愛你」，然後互相刺傷對方。

　　但是，經歷過那樣多次的「刺」與「被刺」之後，慢慢就會習慣了。會注意到這部分要避開、那部分要小心，久了之後，就算沒有特別去留意，也不會再那麼容易碰撞了。

　　我透過自己瞭解到，**敏感和遲鈍不是性格，而是一段關係中會不斷變化的特質**。小時候的我是個有點遲鈍的孩子，我還記得在組裝模型的時候，常常一不小心就把模型折斷，被哥哥臭罵一頓。隨著不斷成長，我變得非常敏感，養成了凡事小心翼翼、瞻前顧後的個性。

　　我的高敏感特性，在婚後也讓老婆受了不少苦，因為我的性格完全不允許敷衍了事。但是，還好老婆在許多事情上

願意包容我，讓我過度敏感的神經稍微變得遲鈍了一些。現在，我明白了這種遲鈍感也是挺不錯的。

「我滿腦子都是妳。」正煥的這句告白讓觀眾心動，卻也讓人感到心酸，讓我喚醒了初戀的記憶：「我也有過那樣的時期。」但是當你發現，那種把所有心思全部集中在一個人身上的心情漸漸消失，面對令人驚訝的事情也變得冷靜自若時，不需要覺得可惜。這並不是因為我們不再用心對待，而是因為需要注意的對象越來越多。不是變鈍，而是熟悉了。雖然並非「滿腦子都是你」，但「我依然在乎你」。

「我們的交往就只是這樣，跟蒟蒻一樣。」

───〈經常請吃飯的漂亮姐姐｜밥잘사주는예쁜누나〉，2018

《經常請吃飯的漂亮姐姐》，為韓國 JTBC 電視台於 2018 年 3 月 30 日起播出的連續劇，由孫藝真和丁海寅主演。本劇講述一直情同姐弟的 35 歲女性和 31 歲男性之間，突然發展出愛情的故事。劇情雖然以常見的姊弟戀為故事主軸，也同時探討職場上的男尊女卑現象。

爸爸的存在，
就像是一碗沒有調味包的泡麵

　　爸爸煮的泡麵，湯頭總是白色的。爸爸擔心我餓著了，所以搭了好幾個小時的巴士從鄉下趕回首爾的家。那時爸媽因為鄉下的房子失火，所以一邊忙著去警局接受調查，一邊在灰燼中找出尚可使用的物品，還要煩惱未來的日子該怎麼翻口，所以沒時間照顧在首爾念書的我們。通常上首爾照顧我們的都是媽媽，不過，這次竟然是爸爸代替媽媽北上，我們多少能猜到鄉下的媽媽有多累。

　　爸爸一進門，就像早出晚歸的人一樣問我們「吃飯了沒？」然後匆匆點燃爐火、放上拉麵鍋準備煮泡麵。我和爸

爸很久沒見了，兩個人在一起時突然感覺有點陌生。湯頭呈白色的泡麵已經煮到剩不到一半的湯汁，我們還是什麼話都沒說。雖然心裡覺得這泡麵怎麼這麼沒味道，彼此卻也不知道該說什麼。麵條都快煮爛時，爸爸才不好意思地笑著說：「呵呵，我忘記加調味包了。」

在成長的過程中，我吃了不少重口味的食物。像是厚厚的麵包中間夾著濃厚醬汁的肉排、鋪著番茄片和大量番茄醬的漢堡；軟嫩的年糕裹上一層韓式辣醬的辣炒年糕；還有口味眾多的泡麵麵條，浸泡在滿滿都是味精的湯裡。

不過，上了年紀之後，比起重口味的食物，我更常吃口味清淡的簡樸料理；比起精緻豐盛的頂級料理，我更喜歡普通的飯菜組合。味噌湯配上白飯和少量的固定小菜，就能讓我感到心滿意足。

我不斷回想起那天爸爸為我煮的、少了調味料的泡麵。**雖然不是重口味、幾乎沒有什麼味道，麵條還煮得超級爛，但很奇怪地的是，那碗白白的泡麵在我的記憶裡留下最長的餘韻。**

在看〈經常請吃飯的漂亮姊姊〉的時候，出乎意料的是，這齣劇竟然讓我想起爸爸煮的那碗泡麵。可能是因為劇名太特別的關係吧！「請吃飯」這句話，在韓國的日常生活中，就是我們常常會說出口的話。

在咖啡公司擔任主管的尹珍雅（孫藝真 飾）就是那位漂亮姊姊，在同一棟的遊戲公司工作的徐俊熙（丁海寅 飾）常常說漂亮姊姊好漂亮，後來就真的喜歡上她了。

提到愛情片就會想到像灰姑娘那樣不可思議的故事，但這部電視劇的內容其實都是在描述一些瑣碎又平凡的日常生活。大部分的場景就是男女主角見面後一起吃飯、散步、聊天，所以十分符合劇名。這部電視劇不是誇張的套餐料理，也不是頂級料理，應該可以說就像我們每天都要吃的白飯一樣吧？

第一集裡，尹珍雅跟交往了三年多的男友分手，分手原因就在他說的一句話裡：「我們的交往就只是這樣，就像蒟蒻一樣。」不是因為有第三者、不是因為討厭對方，也不是個性不合，只是因為他們的關係就像無色無味的「蒟蒻」，

這就成為了男友跟珍雅分手的契機。**所謂的男女關係，就是一開始雖然悸動又火熱，但後來逐漸變得平淡、冷靜，這是必然的。**所以，關係逐漸變得像蒟蒻一樣索然無味，以某種角度來看是很自然的事情。不過，她的前男友對於這點卻很不滿意。

這時徐俊熙出現在被分手的尹珍雅面前，冷不防地對經歷過這件事的她說：「他說你們的關係變成了蒟蒻？」兩人吃完飯後，徐俊熙在送尹珍雅回家的路上，突然從大馬路轉進了大廈旁的小巷子。尹珍雅問：「你怎麼知道這條小路的？」徐俊熙回答：「打破禁忌，才是專業。」

他知道他不是要挑戰什麼傷天害理的禁忌，**就算是一樣的日常，只要走稍微不同的路，也能讓平凡的生活變得特別**，光是在白天一起喝杯酒的白日微醺，也能讓無聊的每一天變得不一樣。

事實上，蒟蒻沒有罪。雖然蒟蒻無色無味，但那樣的無味反而讓它成為有益健康的好食物。米飯也是這樣。儘管美味的主菜是餐桌上最搶眼的主角，但其實不論我們知不知

道，在生活中給我們巨大力量的都是米飯。深究我們的人際關係，會發現我們生活周遭有許多像米飯一樣不顯眼的存在，雖然看不清他們的面貌，但只要你仔細觀察就會瞭解，正是有他們的存在才能支撐住我們的生活。

爸爸的存在，就像是一碗沒有調味包的泡麵。**他並沒有出現在我生活的正面，總是距離我一步之遙**。他的話不多，只是相信我、認定我，站在我這邊。所以有時我會把他當成在我人生之外的存在，也曾經忽略他。不過，現在當我也站在爸爸的位置時，我就明白了，明白他在一步之遙的不顯眼處看著我，我明白了他的內心有多麼偉大。

所以當爸爸偶爾喝下一杯馬格利酒，藉著酒意流露出內心溫柔的一面時，我心中特別有種被電到的感覺。那時儘管彼此都沒有說話，我只是狼吞虎嚥地吃著白白的泡麵，但那碗麵彷彿裝滿了無限話語。

「你總是說場景會改變什麼什麼的，但你想想看，難道有任何一個場景如你所願的改變了嗎？到頭來都是按照漫畫家的想法。你不要講得一副好像你說什麼都懂似的，不論是對端午[33]，還是對這個世界。」

「就算會按照漫畫家的想法進行，我到最後還是只會為了端午而行動。」

「看來你想再消失一次啊！」

「我無所謂，你說我們是被漫畫家畫出來而開始的，但是端午才是我的開始，所以只要結束是端午就行了。對你而言，端午可能只是一個配角，但對我而言，殷端午就是我的女主角。」

——〈偶然發現的一天 ｜ 어쩌다발견한하루〉，2019

| [33] 編按：劇中女主角名叫「殷端午」。

《偶然發現的一天》為韓國 MBC 電視台於 2019 年 10 月 2 日起播出的連續劇，由金惠奫、路雲和李宰旭主演。本劇又名《意外發現的一天》，改編自網路漫畫《意外發現的 7 月》，講述患有心臟病的女高中生，突然有一天意識到自己並不是現實中的人物，而是漫畫中的人物，之後她為了尋找自己真正的人生和愛情開始了冒險。

就算你不是主角，
世界也無法阻止你閃耀

　　我第一次遇到朴成喆[34]是在錄音室。製作人介紹說，他還只是一個大學生，卻非常會唱歌，我聽完之後仍舊半信半疑。朴成喆穿著簡單的牛仔褲和大學帽 T 出現，看起來就像一個打工的學生。不過當他進錄音室唱第一個小節時，我全身就起了雞皮疙瘩。有可能因為是在錄音室，所以效果更好。他的歌聲充滿魅力，配上具有感染力的唱功，完全粉碎了我先入為主的偏見。

　　歌曲以唱片形式發布後，立刻竄升到排行榜上。電台常常選他的歌曲來播放，來自電視台的詢問電話也多到接不

---

[34] 編按：韓國男歌手，1998 年以網路歌手「Adam」之名出道，2001 年改名為「Zero」，並改往日本發展。

完，不過朴成喆的名字卻沒有出現在任何地方。他就是所謂「歌紅人不紅」的無名歌手。事實上，他唱的「世界上沒有的愛[35]」是以網路歌手「Adam」的版本流傳開來的，而不是使用本名。幾年後，公司終於公開「Adam」就是「朴成喆」的消息，也說會讓他正式出道發行專輯。不過，在這公司工作的我十分清楚，這根本是不可能的。

在網路歌手「Adam 計畫」中，我負責的部分是要塑造 Adam 的形象和故事，並且幫他做宣傳。儘管我的頭銜是行銷組組長，但我大部分的工作是代替無法親自出現的 Adam 出面。如果有報社或電視台記者進行電話訪談，也由我代替 Adam 回答。大部分的題目都是照著公司建立的「Adam 計畫」策略回答即可，不過如果問到喜歡哪種食物、喜歡什麼類型的人這類私人問題，我只能隨機應變。一直訪問到後來，Adam 的形象有很大一部分其實都是我的喜好。

「Adam 計畫」的成效比我所想的還要好上許多。唱片賣了超過二十萬張，我們也推出了公仔商品，甚至還拍了飲料廣告。然而，儘管有這樣的成績，公司還是慢慢走下坡。也許是因為本來財務狀況就不佳，但沒想到公司最後甚至付

---

[35] 譯註：歌名原文為「세상엔없는사랑」。

不出員工的薪水。我無法理解，外面看來是一間這麼風光的公司，內部竟然正逐漸崩塌。

到最後，包括從草創期就一起參與「Adam 計畫」的我在內，大部分的組長都提出了辭呈離開公司，根本不敢想會不會有遣散費，因為連公司積欠的薪水都擔心拿不回來。後來不知道發生了什麼事，「Adam 計畫」終究再也無法推動下去。雖然當時的說法是因為繪製 3D 人物動畫遇到技術上的瓶頸，但我想公司散漫的經營方式才是主因。

在拿不到遣散費的狀況下，我的生活陷入困境。我的專長只有寫作，所以只要是能賺錢的工作，什麼文章我都願意寫，只能走一步算一步。其中**最賺錢的工作就是「影子作家」，也就是說不以我的名字，而是以別人的名字寫文章。**

我代筆寫的書還曾經登上暢銷排行榜。當我去書店看到那本書登上暢銷排行榜時，感覺非常怪異。我當時簽的合約是買斷的，所以就算那本書再怎麼暢銷，也不會有額外的收入。撇開這個不談，看到我寫的文章以別人的名字流傳開來，這本身就給我一種詭異的空虛感。那時我深刻體會到，

當網路歌手「Adam」以一個虛擬人物代替朴成喆發聲時，那是什麼樣的複雜心情。

原來，在這個社會上只要你願意付錢，就能奪走並且撤換掉主角。在我想到這點後，我就辭掉影子作家的工作了。我下定決心，就算賺不到錢、就算讀我文章的人很少，我也要以我的名字寫文章。這樣每天寫著寫著，後來就得到了機會。我受邀撰寫大眾文化相關專欄，寫了一兩篇之後就想到網路歌手 Adam。雖然我連一首歌都唱不好，但我在批評歌手們活動的論壇上，提到了網路歌手 Adam 的故事，並介紹了這個人。

之後某個網路論壇的版主寄了一封信給我，我讀了之後非常驚訝，那是網路歌手 Adam 的粉絲論壇。雖然相當小眾，但喜歡 Adam 的粉絲論壇還存在著。我透過那個粉絲論壇聽到了朴成喆的消息。在 2001 年由李秉憲、崔智友、柳時元、李貞賢主演的電視劇〈美麗的日子〉中，他以 Zero 的名字為這部電視劇唱主題曲，這為他開闢出一條新的道路。隨著這部電視劇在日本爆紅，朴成喆乾脆以 Zero 之名在日本以歌手的身分出道，也終於找回了自己的名字。

在這個世界上，無法拿出自己名字的人並不少。他們在世界這個巨大的舞台上往往只是被當成一個跑龍套的角色。〈偶然發現的一天〉裡，漫畫中出現的周邊人物使出全力想要改變漫畫家原先的設定，我看到這部分時就想到朴成喆、想到網路歌手，還有世界上無數隱藏身分的網路人物。我覺得**並不是世界決定你是不是主角，因為在某人的記憶裡，我們都是主角**。就像朴成喆在錄音室唱的那首歌，在我心目中一直是讓我印象最強烈的歌一樣。

2019 年年底，韓國 JTBC 電視台〈Sugar Man 3[36]〉製作單位打電話給我，說他們要製作網路歌手 Adam 的特輯，他們說朴成喆會為了這次特輯從日本回來錄影，問我要不要一起上節目，我十分樂意地答應了。我很想親眼看到朴成喆和劉在錫、柳熙烈[37]一起並肩坐著的樣子。在攝影機和聚光燈之下，朴成喆的歌曲成為了美好回憶，就像我在錄音室聽過的那首歌一樣，那感覺我永遠不會忘記。

[36] 編按：韓國 JTBC 電視台的音樂綜藝節目，內容尋找曾經風靡一時，但現在卻逐漸被遺忘的歌手，重新詮釋其經典歌曲。

[37] 編按：〈Sugar Man〉的主持人。

「我為什麼要這麼做？是家人就一定要和解嗎？為什麼？是家人就一定要住在一起嗎？但是我實在無法繼續跟爸媽住在一起了⋯⋯你覺得我能面對你們嗎？你覺得我還能面對你們、跟你們一起生活嗎？」

—— 〈我的黃金光輝人生｜황금빛내인생〉，2017

《我的黃金光輝人生》為韓國 KBS 電視台於 2017年 9 月 2 日起播出的連續劇，由申惠善、朴施厚、李泰煥以及徐恩秀等人主演。本劇擁有一定「狗血劇」的基本元素，包括大財團繼承人、錯綜複雜的愛情關係、DNA 親子鑑定等等，但劇中細膩刻劃了女主角在不同人生狀態下的心理變化，是一部探討人生與人性的電視劇。

Story 38.

| 我的黃金光輝人生 |

因為是一家人，
就能夠無條件原諒嗎？

　　我們家的孩子還在念小學的時候，全家曾經一起去熊拜嶺[38]。沿著非常陡峭的山坡路爬到熊拜嶺的山腰時，老二說太累了、走不動了。相反地，老大仍舊活蹦亂跳，嚷嚷著要走快一點。那瞬間我很猶豫。要不要繼續爬？還是乾脆放棄，往下走回去？

　　結果，我決定要繼續爬。於是我嘗試說服老二，跟他說只要再忍耐一下下，就能看到熊拜嶺山頂美麗的風景，現在越辛苦，待會就越有成就感。更重要的是，如果現在就放棄走回去，不會覺得爬到山腰很可惜嗎？不過，他很清楚地表

| [38] 編按：熊拜嶺位於韓國江原道，海拔 1164 m。

明他不想再往上爬，我聽了馬上有股無名火冒上來。因為我無法理解他明明已經說好要一起爬到山頂，卻又在中途放棄；更重要的是，全家人一起出來旅行，他卻固執地只想到自己的感受。然而，他說他真的很累，結果老婆就跳出來說，她自己帶著老二下去。

老婆出來說話後，我的心意就轉變了。我提議說，要不然大家都一起下去，我一說完，老大就固執地說她要自己爬上去，她說她自己一個人沒問題。雖然我反對小孩一個人爬山，但我真的束手無策，實在是進退兩難，就像有食物卡在喉嚨中間一樣。老婆這時提出了折衷方案：她帶老二下去，我跟老大繼續爬，等爬完後，我們就在山腳的宿舍集合。

我看著老婆和兒子下山的背影覺得很生氣，因為我不喜歡全家人分開行動。不過，在跟老大爬山時，我的怒氣卻逐漸消退。我一邊爬山，一邊仔細思考為什麼我會這麼生氣。我下意識認為家人就是要一起行動，如果做不到這點就覺得渾身不對勁。

＂為什麼我一直堅信著，
家人必須什麼事都要共同完成呢？＂

　　在看〈我的黃金光輝人生〉時，我就想到我自己這段「熊拜嶺撤軍」的故事。徐知安（申惠善 飾）以為自己是被有錢人家遺棄的女兒，後來才知道其實她妹妹才是那戶人家的女兒。發現父母對自己說謊後，大受打擊的知安離開家裡，跟父母斷絕聯絡。

　　後來某天在路上偶然遇見正在找自己的爸爸，爸爸向知安道歉，但知安一點都沒有要回家的念頭。「我不想回家，我想一個人住，我覺得現在很好。」知安說現在她已經到了「能獨自生活的年紀」。

　　不過，爸爸卻一點也無法理解知安：「唉，也對，妳現在肯定很難面對爸爸媽媽吧？妳該有多麼生氣、多麼失望啊？但是妳也要和解啊！就算生氣發火，也要面對面解決啊！也聽聽爸爸媽媽的內心話。畢竟我們是一家人啊……應該要給我們一次能向妳贖罪的機會。」

於是知安吐露出自己壓抑許久的情緒：

「我為什麼要這麼做？是家人就一定要和解嗎？為什麼？是家人就一定要住在一起嗎？但是我很實在無法繼續跟爸媽住在一起……你覺得我能面對你們嗎？你覺得我還能面對你們、跟你們一起生活嗎？」

這段話，肯定是句句刺入爸爸的心臟。其實，「家人」兩字對我們來說就是某種魔法詞彙。**我以為因為是一家人，一切都能夠原諒；我覺得因為是家人，什麼事都要一起行動。**不過〈我的黃金光輝人生〉道出了最重要的並不是「家人」，而是「我的人生」。

回頭想想，當我和女兒攻頂後，跟從熊拜嶺「撤退」的老婆兒子會合時，我們聊得非常開心。老大談到在山頂上風景如何，還有爬山時的心情如何，提早離開熊拜嶺的老二也開心地說，原本爬山的時候因為太累，沒有欣賞到沿途的松樹美景，後來在回程時能夠慢慢欣賞風景有多麼開心。

沒有必要把所有人都綁在一起，就算我們各自做喜歡的

| 39 編按：雪嶽山是韓國第三高峰，最高峰「大青峰」海拔 1708 公尺。

事情，也不會改變我們是一家人的事實。如果我們能協助彼此達成願望，並且開心地談論這些經驗，這對家人來說，應該就是最好的安排了吧？

有一次，我跟很要好的朋友一起去爬雪嶽山[39]，在爬山時遇到一位父親帶著兩個兒子下山。父親走在前頭，喊著「一、二」，兒子們接著喊「三、四」，就像玩當兵遊戲一樣地往下走。當時我已經累到快要喘不過氣，覺得迅速攻頂的孩子們很了不起。不過，當時我的朋友說了一句讓我印象深刻的話：

「為人父母真是辛苦啊！這些孩子真是生在好人家了。」

「醒過來了嗎？把東西都砸爛了，你內心很痛快嗎？」

「不關你的事。」

「你不要搞錯了，不是你洩憤就等於是報仇了。就算你一直揮舞著球棒，那些人可能連你長的是圓是扁也記不住。如果你真的想報仇，就變成比他們還要厲害的人吧！不要用憤怒，要用實力來報仇。知道了嗎？如果你不開始改變，那麼什麼都不會改變。」

—— 〈浪漫醫生金師傅｜낭만닥터김사부〉，2016

《浪漫醫生金師傅》是韓國 SBS 電視台於 2016 年 11 月 7 日起播出的連續劇，由韓石圭、柳演錫以及徐玄振主演。一位自視甚高的年輕男醫生和一位想要獲得認可的女醫生，兩人帶著一些心碎的過往而來到偏鄉城市裡的一間小醫院，在這裡他們遇到怪才醫生金師傅後，領悟到人生價值並收獲愛情的故事。

不要用憤怒，用實力報復我

「我是肝臟。喬不怎麼在意我，但我做的事情超過五百件。不管喬多麼嚴重酗酒，我只要休息幾天，就能回到原本的狀態。即使切除四分之三的我，過了四個月之後，我就能長回原本的大小。這就是肝。」

我曾經在雜誌社工作，負責一篇以器官為題材的「奇妙的人體」專欄，那是在我當上醫學雜誌主編還不滿一個月的時候。

結婚後沒過多久，我待過的公司都陸續倒閉，所以那段

時間只要能賺錢，我什麼都願意做。雜誌社的總編和部長在旁人引薦之下跟我見面，看過我的履歷以及簡單面試過後，總編立刻提議要我當主編，他說透過這公司的出資者得知，他們是我的學長，認為我很適合這個職位。原來，那間雜誌社，是由幾個從延世大學醫學院[40]畢業後開業的醫生們合力出資創立的公司。有些醫生對寫作很有興趣，但大部分參與的醫生則是想要藉由雜誌來宣傳醫院。

總編要我提出一個新專欄企劃，我提議要不要模仿《讀者文摘》的專欄，以人體器官為題材，介紹各個器官的機能和保健方法。之後我每個月都會選出一個器官來寫作，再交給雜誌社。

雖然頭銜是主編，但實際上雜誌社裡面的大小事都由我一手包辦，因為那間雜誌社連一位記者都沒有。我寫完月刊的編輯企劃案後，交給醫生參與的會議審核，審核通過後再進行採訪、整理、撰稿、編輯，甚至連設計和印刷配送都是要我來做。雖然工作很辛苦，但這是一個能體驗出版所有領域的機會。

---

[40] 編按：延世（Yonsei）大學在韓國是一家頂尖研究型綜合大學，取英文名的字首，與首爾（Seoul）大學和高麗（Korea）大學並稱為「韓國大學的一片天（S.K.Y.）」。

不過，比工作更辛苦的是不公平。有些跟我熟識的醫生拜託我幫他們寫文章，一開始我覺得沒什麼，他們卻越來越得寸進尺，大刺刺地要求我幫忙寫文章，讓我感到非常不舒服。儘管雜誌社的規模很小，我還是可以販售一些廣告版面，寫了很多明眼人一看就知道是置入性廣告的報導。因為每個月都一定要出版，所以我要寫一些「多餘的報導」來填滿截稿日前仍空缺的版面，這已經成為例行公事了。

　　所有的事情幾乎都是丟到我頭上，卻沒有給我應得的報酬，**我難以忍受這些事情逐漸被視為理所當然，結果我忍耐了六個月後，就離開那間公司了。**

　　其實現在仔細想想，我也明白因為雜誌社的規模實在是太小了，不得不變成這樣的工作模式；不是被冠上一個「主編」的頭銜，狀況就會有任何好轉。醫生們雖然沒有打算要透過開雜誌社來大賺一筆，但他們既然出資開辦了雜誌社，就想要從雜誌得到相應的回饋。所以，這讓當時的我非常生氣，**有錢人吩咐沒錢的人做些不正當的事，沒錢的人為了生存只能繼續做下去，我感受到這世界的不公平。**我就像「奇妙的人體」專欄裡出現的肝臟一樣，是個什麼事情都要負

責，卻完全無法抗議的「沉默器官」。

　　儘管這經驗在我心中留下很大的傷口，但我不會因此就採取什麼行動，我甚至偶爾會去那間雜誌社找總編一起喝酒。內心雖然有些芥蒂，然而我並不認為這是他們的錯，因為我知道這就是我們社會的結構。在這結構中，我們大部分的人都像是肝臟一樣，總是保持沉默。

＂只要結構不改變，　就不會有任何變化。＂

　　在〈浪漫醫生金師傅〉第一集中，東柱爸爸因為沒有錢、沒有靠山，導致無法接受手術而喪命，年幼的東柱便跑到醫院搞破壞，自己也受了傷，後來金師傅（韓石圭 飾）治療他時，說：「如果你真的想報仇，就變成比他們還要厲害的人吧！不要用憤怒，要用實力來報仇。知道了嗎？如果你不開始改變，那麼什麼都不會改變。」我對於他說的「每個人若不改變，就不會有任何改變」這句話，非常有共鳴。

　　我們之所以能夠擁有歲月靜好的生活，是因為社會上有

許多像肝臟一樣，默默忍受著苦痛並承擔各種事情的人。不過，實際上他們並不是一聲不響，他們總是吶喊著他們的痛苦、抗議著現況，希望現實能有所改變，只是他們沒能聚集那些聲音，或是找到一個讓聲音被廣大人們聽見的出口而已。曾經在院子、曾經在廣場聚集的那些聲音，現在正聚集在網路這類型的數位廣場上。

過去像肝臟一樣沉默的聲音，如今正在網路上聚集起來，如江水般流動著，要求這世界改變。我認為能夠改變社會結構的並非一瞬間的憤怒或復仇，而是每個人已經改變的想法，以及如此形成的巨大共識。沉默的肝臟呼喊將會打造出新的世界，也許這就是金師傅所說的「真正的復仇」。

「要我告訴你怎麼做才不會被人傷害嗎？不要付出、不要接受任何東西，也不要期待任何事情。這樣就不會失望，也不會受傷了。」

「那樣活著有什麼意思？從來沒有人去你家玩過吧？一看就知道你沒什麼朋友，你有家人嗎？活得像孤島一樣，你不孤單嗎？」

「在你家門口等你的記者有十幾個人。住在底下的人當中也有超過一半的人認識你。經紀人、助理、粉絲……你周圍一直有許多人，但你現在卻孤身一人在這裡。」

「怎麼是孤身一人呢？我們明明在一起啊！」

──〈來自星星的你｜별에서온그대〉，2013

《來自星星的你》是韓國 SBS 電視台於 2013 年 12 月 18 日起播出的連續劇，由金秀賢與全智賢主演。本劇講述一名 400 年前從外太空來到地球的男子，在還有 3 個月就可以回到自己星球的時間點，和一位知名女演員相遇的浪漫愛情喜劇。

Story 40.
| 來自星星的你 |

時間的長短並不重要，
重要的是一起分享那時間的人

　　把「星星」帶回家養完全不在我的計畫之中，是我拗不過孩子們的要求。

　　因為老婆同事家裡養的狗生了幾隻小狗，想問問看有沒有人要領養。雖然我反對，但孩子們想養小狗的心意非常堅決，結果我反對無效，只好去了「星星」的媽媽「月亮」家裡一趟。孩子們看到只有手掌那麼大的馬爾濟斯慢吞吞爬行的樣子，完全被迷住了。

　　於是「星星」在某天就突然降落在我們家，開始了一家

五口的生活。

之所以取名為「星星」，當然也是因為媽媽叫做「月亮」，另一個原因是當時非常熱門的電視劇〈來自星星的你〉。所謂的「名字」真的很神奇，一開始叫牠「星星」的時候，我們彼此都很陌生，小狗根本不知道我們在叫牠，但牠很快就習慣了。只要我們喊「星星」，星星就會小碎步跑過來，搖著尾巴舔著我們的手。

然而，可愛歸可愛，與寵物一起生活要做的瑣事非常多，我們很快就要面對這些現實。有一天星星全身無力，看起來病懨懨的，我們趕緊抱著星星去看獸醫。獸醫嚴厲地斥責我和老婆，好像我們是虐待兒童的父母一樣。星星生病的原因似乎是由於我們不知道正確的飼料量，我們以為給的剛剛好，實際上是不夠的。牠吊完點滴後，我們看到診療費又嚇了一跳。在韓國，一般人看醫生只要韓幣幾萬元就行了（韓幣 1 萬元約 250 元台幣），但牠的診療費居然高達韓幣十幾萬。原來是因為我們沒有買寵物的醫療保險，我感覺到自己中計了。

在那之後，我只能打起精神，努力照顧星星，讓牠不用再看醫生。就算要花點錢，還是帶牠去施打各種疫苗。**那時我才明白，養寵物跟養孩子沒有什麼太大的差別。**

把星星帶回來的時候，我就有預感照顧牠的責任會落在我身上，沒想到結果還真的是這樣。

孩子們忙著念書，老大升高三時，更是特地拜託我幫忙。對星星特別疼愛的老二看了 YouTube 和幾本書之後，能讀出星星的行為，常常訓練牠。不過後來老二的學校功課也忙碌了起來，老婆要出門上班，只有我和星星孤零零地留在家裡。星星常常會來到我書桌旁，躺在我的腳邊睡覺，睡醒後就會舔我的腳；肚子餓時就會吠叫，纏著我餵牠吃飯，也會哀求我陪牠玩。每天帶牠出去散步的人也是我。

星星來到我們家之後，原本能常在家裡進行的採訪就只能被迫取消了。每次電視台帶著攝影器材過來時，星星不知道是因為太開心還是太害怕，會拚命到處亂跑、亂吠。為了能順利進行拍攝工作，只好給牠戴上嘴套，但要做出這種限制狗狗的行為，心裡總是有點捨不得。後來如果電視台有訪

問邀請，我就要親自去電視台或約在附近的咖啡廳。

至於旅行，也很難隨心所欲地說走就走，因為沒辦法放著星星獨自在家。偶爾全家要出國旅行時，只能很不好意思地拜託媽媽照顧。幸好媽媽很享受跟星星一起生活的日子，但我心裡還是會覺得過意不去。不邀請媽媽跟我們一起旅行，反而還要拜託媽媽照顧寵物……

不管是人還是寵物，開始一段關係後，就需要耗費這麼多的心力。所謂的緣分，大概就是這樣吧！即使會覺得辛苦、不便，甚至會因此受傷，但難道我一個人獨自生活就比較好嗎？星星的出現，教會了我什麼叫做「緣分」。

雖然有時候想要一個人獨處，但常常就是因為有牠在，我也度過了一段很美好的時光。靜靜地抱在手上時感受到的溫暖，牠聽到有人呼喚牠的名字時開心跑來的樣子，光憑著這點，就能自然而然地融化這段關係帶來的辛苦和不便。

牠就像天上的星星一樣，在無數多的存在當中，偏偏降落到我面前，雖然讓我覺得有點辛苦，也讓我學會珍惜。我

們所有人對某一個人而言，應該也是這樣的存在吧！就像韓國詩人金珖燮「在傍晚」這首詩裡的其中一句話：

> "那眾多繁星中，一顆星在俯瞰著我，
> 在這眾多人群中，我只望著那一顆星。"

「我的東西你不是都想要嗎？你嫉妒我，對吧？你這輩子就一直嫉妒我好了。你給表娜麗十，我就給表娜麗一百。你奮鬥一輩子也沒辦法為表娜麗做的，我都會為她做到。我活到現在都不曾嫉妒過什麼，倒是你一輩子都在嫉妒，你能做的只有嫉妒而已！」

「你因為我而感到很不安吧？」

「不都是因為你嫉妒我嗎？」

—— 〈嫉妒的化身｜질투의화신〉，2016

《嫉妒的化身》是韓國 SBS 電視台於 2016 年 8 月 24 日起播出的連續劇，由孔曉振、曹政奭以及高庚杓主演。孔曉振飾演一位氣象播報員，一直單戀著曹政奭飾演的資深記者，但對方卻只是把自己當便利貼女孩使喚，直到另一位男神級人物出現並對女主角一見鍾情，兩個男人便開始爭奪同一個女人。

Story 41.
| 嫉妒的化身 |

羨慕就輸了？才不是！
這是人類進步的動力

　　我的工作就是看一整天的電視劇、綜藝節目、電影等，然後寫出相關的文章，一天之中我看電視的時間幾乎超過五個小時。而且新電影上映的那天，我一定會看早場。最近因為 Netflix 和 YouTube 的興起，我又多了很多需要看的東西。

　　如果在同學會時說出這些話，其他人看我的眼神總是超過「羨慕」的程度，可以說是「嫉妒」了，尤其在面臨快退休的年紀更是如此。每到這種時候，我就會說，這是因為你們不瞭解我的工作才會這樣想。看完那麼多戲劇後要寫文章，跟偶爾有空的時候看看電視劇或電影，這兩者之間是完

全不同的事情。再加上，一開始做這份工作時我才三十幾歲，當時我也很羨慕那些每天早上出門上班的朋友，真是羨慕死了。我住在首爾郊區的新興市鎮，每天早上看著那些去首爾上班的人，彷彿整個城市只剩下我一個人，這種孤單的感覺出現過好幾次。

上了年紀後我才明白，所謂的「嫉妒」，還多了一層「沒來由的比較和想像」。年輕的時候，**總覺得自己所擁有的少了點什麼，「別人的」看起來特別好，然後嫉妒對方，怨恨為什麼自己得不到。**

〈嫉妒的化身〉裡，在歌手金健模「錯誤的相遇」背景音樂襯托下，李華信（曹政奭 飾）和好友高正元（高庚杓 飾）晾著表娜麗（孔曉振 飾）不管，在泥濘裡展開決鬥（？）。我看著這一幕時，突然想到我在大學時期，因為要好的朋友突然交了一個女朋友而產生嫉妒心的事情。

現在想想實在是啼笑皆非。我當時想著為什麼我沒有女朋友，他卻有女朋友，然後因此嫉妒他。在他有了女朋友之後，就不怎麼跟他聯絡，同時也嫉妒他的女朋友。不過，比

起嫉妒心，讓我更難受的是我感到「嫉妒他們的自己」十分寒酸。結果三個人在一起的時候，我就覺得很不自在，因為我要努力隱藏我對他們的嫉妒心。

之後，朋友就和他的女友分手了。我過了很久才聽說，原來他們兩個人在一起的時候常常吵架、起衝突，和我們三個人在一起的情況非常不一樣。那時我想：「為什麼我會這麼嫉妒呢？而且為什麼覺得嫉妒他們的自己很丟臉？覺得自己很可憐呢？」

我小時候住在鄉下，幾乎沒有嫉妒過誰。不過，上首爾念書後，逐漸開始產生了嫉妒心。當時我跟哥哥、姐姐還有一位幫忙煮飯的阿姨一起住在國小附近的小套房裡，某天我到朋友勇尚家裡去玩，我進去一看大吃一驚。勇尚家在光化門[41]，是家門前有院子的獨棟住宅。勇尚的媽媽在新村開西餐廳。我曾經跟勇尚一起去過那間餐廳，第一次吃到超好吃的炸牛排時，我驚訝世界上竟然有這麼美味的東西。

勇尚跟我很要好，同時我也很嫉妒他。就算我已經從寒酸的小套房搬到西小門兩房的公寓，我的嫉妒心依然沒有消

| [41] 編按：光化門位在首爾的鐘路區，市政大樓林立，是首爾的心臟地帶。

失。我幾乎沒有邀請朋友來我家過。我家是一棟十層樓卻沒有電梯的公寓，我們出入都要爬七樓的樓梯。放學後，我只能常常去勇尚家玩。

不過，國小的時候，我也變成了被嫉妒的對象。其他同學嫉妒我和勇尚這麼要好。某天我和勇尚在操場看台的最上層玩耍，突然有人推了我的右肩。我瞬間重心不穩就從看台上摔下來，滾了好幾圈之後，左邊顴骨撞到看台梯子跌落操場，失去意識。當我睜開眼睛時，發現我人在保健室，看見老師一臉擔憂地看著我。

那天老師送我回家。然而，越靠近公寓，我的內心就越沉重。不知為何，我覺得讓人看到我住在這種房子裡很難為情。我覺得老師陪我一起走上樓梯的這段時間相當漫長。當時因為父母都在鄉下做生意，只有我們兄弟姊妹住在首爾。尷尬地回到空盪盪的房間後，我一個人送走老師。那時，我強烈感受到我對勇尚的嫉妒心。

李華信和高正元在泥濘裡互毆、打滾了一番後，兩人終於並肩躺下望著天空。正元說：「你以為我想恨你嗎？」然

後再次確認彼此是否還是朋友：「我們還是朋友嗎？」華信回答說：「臭小子，當然是了！」我從國小畢業後再也沒見過勇尚，如果現在能重逢，我應該會爽快地笑著說：「其實，當時我非常嫉妒你。」

而且，如果我能再遇到把我從看台上推下來的同學，我應該會像是講陳年往事那般聊到當時的事情。「當時你很嫉妒我，對吧？」

常常聽到人們說「羨慕就輸了」，所以會想要隱藏嫉妒心，也會一直對於擁有嫉妒心的自己很受不了。不過，我們總是會嫉妒別人、或是被別人嫉妒，不管我們願不願意。沒有人是一輩子都在嫉妒的，因為**有時候也會發現自己覺得那些值得嫉妒的事情，其實根本沒什麼。**

不需要特地去壓抑自己的比較心態，也不一定要努力克服那些沒來由的羨慕或嫉妒，它們只是每個當下產生的情緒罷了。自在地接受它吧！

「恩浩，我一直不相信『一本書能改變世界』這句話。但是我最後卻想對你說，要成為如同一本書的人。書雖然無法改變世界，但可以在一個人心中留下溫暖的印記，就像你疲憊的時候會躲到書中句子與句子之間一樣；就像我遇到了恩浩你這本書，在人生最後的時刻得到了最溫暖的安慰一樣。所以恩浩啊，你以後也要成為對某人而言如同一本書的人。」

—— 〈羅曼史是別冊附錄 | 로맨스는 별책부록〉，2019

《羅曼史是別冊附錄》是韓國 tvN 電視台於 2019 年 1 月 26 日起播出的連續劇，由李鍾碩和李奈映主演。本劇以出版社為背景，講述一位天才作家兼出版社主編與前廣告文案寫手的姊弟戀故事。雖然劇情主線是愛情，但女主角 37 歲離婚、辛苦籌孩子的學費、想找工作卻到處碰壁的處境，也點出真實世界中女性的無奈。

成為像一本書一樣的人

　　小時候我家書櫃上擺著「世界百大名著」，這套書是媽媽聽鄰居介紹之後買回來的，但我幾乎沒什麼在看。

　　當然一開始會對新書好奇，曾經拿出《湯姆歷險記》或《海底兩萬哩》出來看，但大部分的時候都只是翻翻書、看看插畫，然後又放回去了。相反地，我常常和爸爸玩「找書遊戲」，我們會站在放了一百本名著的書櫃前，當我說出題目《湯姆歷險記》時，爸爸就要找到那本書；當爸爸說《海底兩萬哩》時，我就要找到那本書。不知為何這簡單的遊戲，到現在還是我對書本最深刻的印象。

其中印象特別深刻的書就是《悲慘世界》，我在很久以後才看懂這本書，也看了音樂劇，但當時不太知道這本書的內容是什麼。之所以會對這本書印象深刻，是因為其他的書，比如說《格列佛遊記》或《魯濱遜漂流記》都很容易找到，但很奇怪的是唯獨《悲慘世界》很難找到。現在才知道法文書名的意思是「可憐的人們 42」，不過當時根本不知道這層含義，所以講出書名時，腦中沒有浮現任何畫面，結果就特別難找到。

也許是因為我第一次接觸書的時候，不是「閱讀」而是「找書遊戲」，所以**比起內容，書的外型、圖案以及獨特的觸感在我腦海中留下更強烈的印象**。發現書名時的喜悅、用手取出時感受到的重量、下雨天時書本染上的獨特香味、翻書時紙割到手之後沾到的血，還有急著拿書時，其他書一起掉下來的聲音以及揚起的漫天灰塵⋯⋯一提到書，我就會先想到這些畫面。

或許是因為我以寫作為業，也有可能是受這段回憶影響，搬家時總是會要求兩個條件。第一個是要「看得見山」，另一個是要有「圖書館」，這兩個條件都要滿足，我

---

42 譯註：韓文的書名翻譯並非「意譯」，而是從外文「音譯」，故作者當時不瞭解書名的含義。

才會在那附近找房子。我之所以常去圖書館，並不是有什麼特殊目的，是因為手裡拿著書坐在圖書館，這本身就帶給我很大的喜悅。**手裡拿著一本書閱讀，彷彿跟一個人面對面坐下來聊天，越來越認識他一樣，如此地隱密又私人。**

也許就是因為這樣的個人體驗，當我看到在以出版書籍的人為故事主軸的連續劇〈羅曼史是別冊附錄〉最後一集裡，作家姜炳俊（李豪宰 飾）因老人癡呆而逐漸失去記憶，他所寫下的遺書被朗誦出來時，「如同一本書的人」這句話，聽起來特別吸引我。

> **以後，你也要成為對某人而言
> 如同一本書的人。**

這句話讓我想到一本書帶來的溫暖、懷舊感，以及讓人感受到沒來由的悸動和期待。

現代生活一切都變得數位化，因此人與人之間的見面變得彌足珍貴。現在寫一封信，只要打開郵件視窗，三兩下寫完後就能寄出。以前寫完信之後，要用力壓實，然後到郵局

貼上郵票後寄出，那種過程所感受到的悸動和興奮，如今都已消失無蹤。現在甚至還能用視訊看到彼此的臉，連在地球另一端的人也能彼此通話，結果「懷念」這感情的厚度也逐漸變得淺薄。書也是一樣，現在只要在手機或網路下載好，隨時都能輕鬆閱讀，但這樣哪能感受到閱讀的真正滋味呢？

所謂「成為如同一本書的人」，是指「要留下溫暖的印記」，但是不是也在鼓勵大家生活中要更常見面與互動呢？現在打開智慧型手機就會看到大量的電話號碼，但其中親近的號碼沒有幾個，這就是我們的社會寫照。

我認為，我們應該要成為對某人而言親近的那其中幾個人。現在我們的人際關係非常容易建立，所以與真正親近的人之間的見面與交流，就顯得更為珍貴。

每個人的生命中，
都有一部讓人難忘的經典韓劇

　　長期看著韓劇到後來，覺得韓劇擁有的力量真是不可小覷。過完疲憊的一天，回到半地下室的房間，在雜亂的生活中因為一部廉價的電視劇而不停地流下眼淚，這眼淚卻能發揮跟任何事物都無法相比的力量。有時電視劇告訴我，我不是一個人；有時是安慰我，告訴我說沒關係；有時跟我一起生氣，這樣的安撫和慰藉，沒有任何東西可以取代。

　　電視劇很通俗，裡面的人物總是直接了當地說出自己的情緒，而非隱晦地說話，也能巧妙地銜接我們的生活，所以所謂電視劇裡的經典台詞，並非了不起的華麗詞彙，大部分

都是讓我們產生共鳴、會頻頻點頭的內容。當我們點頭說著「沒錯、沒錯」表達我們的感受時，在那瞬間我們正與電視劇觸發的自身經驗面對面。因此，一部電視劇的經典台詞若能獲得廣泛的共識，一定能表現出其自身的時代性，因為這意味著那些經典台詞深深觸碰了我們的內心，並且點出了許多身處在同個時代之人的經驗。

這本書收錄了 42 部韓劇，雖然是以電視劇裡的台詞當成素材，不過相較於談論作品本身，我更試著努力從我個人的經驗裡尋找出「為什麼那一句台詞會讓我受到這麼強烈的震撼」，以及它帶給了我什麼樣的力量。裡面提到了有點丟臉的故事，也包括很隱密又私人的故事，但我試著盡量如實地記錄下來。希望讀者也能在這本書收錄的一句句對白裡，找到屬於自己的回憶和經驗，並讓那些回憶成為當下堅持下去的力量。

寫這本書時，原本以為跟編劇們溝通會是一個難題，但這卻成為我寫書時感到最幸福的事。雖然他們只是為我的書寫下三四句評論，不過被編劇們評論文章是一件非常緊張的事情。他們說短文更難寫，所以我真的很想對於願意幫我寫

推薦序的編劇們表達感謝之意。我也想感謝所有的電視劇編劇們，雖然你們不一定有幫我寫評論，但因為你們寫下美麗的經典台詞，才有這本書的誕生。

　　更重要的是，在我寫這本書時，圍繞在我的工作和生活周圍的親朋好友、同事們，我欠你們太多人情了。因為有這些人，我才有這麼多可以分享的經驗和故事，那些時光讓我的生活變得豐富。無論如何，希望這本書能夠深入讀者們的生活、能夠時時陪伴在你們身旁，也許在你感到有點辛苦的時候，想起這些劇中主角說過的那些話，就能成為讓你撐下去的力量。

是哪一句人生經典台詞
讓您能撐下去呢？

[   ]

台灣廣廈 國際出版集團
Taiwan Mansion International Group

國家圖書館出版品預行編目（CIP）資料

那些韓劇教我的事：韓國最受歡迎劇評家帶你領略42部韓
劇，體驗1000小時的人生精華 / 鄭德賢著；葛瑞絲翻譯. --
初版. -- 新北市：蘋果屋, 2021.05
面；　公分
ISBN 978-986-99728-7-1（平裝）

862.6　　　　　　　　　　　　　　　　　110001458

那些韓劇教我的事
韓國最受歡迎劇評家帶你領略42部韓劇，體驗1000小時的人生精華

作　　　者／鄭德賢　　　編輯中心編輯長／張秀環・執行編輯／周宜珊
翻　　　譯／葛瑞絲　　　封面設計／何偉凱・內頁排版／菩薩蠻數位文化有限公司
　　　　　　　　　　　　製版・印刷・裝訂／東豪・弼億・明和

行企研發中心總監／陳冠蒨　　媒體公關組／陳柔彣
　　　　　　　　　　　　　　綜合業務組／何欣穎

發　　行　人／江媛珍
法 律 顧 問／第一國際法律事務所 余淑杏律師・北辰著作權事務所 蕭雄淋律師
出　　　版／蘋果屋
發　　　行／蘋果屋出版社有限公司
　　　　　　地址：新北市235中和區中山路二段359巷7號2樓
　　　　　　電話：（886）2-2225-5777・傳真：（886）2-2225-8052

代理印務・全球總經銷／知遠文化事業有限公司
　　　　　　地址：新北市222深坑區北深路三段155巷25號5樓
　　　　　　電話：（886）2-2664-8800・傳真：（886）2-2664-8801
郵 政 劃 撥／劃撥帳號：18836722
　　　　　　劃撥戶名：知遠文化事業有限公司（※ 單次購書金額未滿1000元需另付郵資70元。）

■出版日期：2021年05月
ISBN：978-986-99728-7-1　　　版權所有，未經同意不得重製、轉載、翻印。